JN136855

ゴースト・フォレスト

ピク・シュエン・フォン

神崎朗子訳

左右社

祖母へ
母へ
そして亡き父に捧ぐ

胸のうちを紙に書きつければ、幽霊はもうそれほど疼《うず》かない。

——サンドラ・シスネロス
『マンゴー通り、ときどきさよなら』

幽霊森林《ゴースト・フォレスト》

GHOST FOREST by Pik-Shuen Fung
Copyright © 2021 by Pik-Shuen Fung
All rights reserved including the right of reproduction in whole or in part in any form.
This edition published by arrangement with One World, an imprint of Random House,
a division of Penguin Random House LLC through The English Agency (Japan) Ltd.

小鳥

父が亡くなって二十一日後、小鳥が部屋のバルコニーの手すりにとまった。茶色い小鳥だ。しばらくたっても、まだじっと佇んでいる。

父さん、と私は声をかける。様子を見にきてくれてありがとう。

ソファーにごろんと横になって、携帯でメールをいくつか読む。ふと視線を上げると、小鳥はもういなかった。

乖

わが家では、子どもは「乖《グァイ》」なのが何よりだった。つまり、いい子でいること。言いつけどおりにすること。

あれは四歳か、六歳のときだったか、どうやら弟ができるらしいとわかった。ところが母さんが言うには、赤ちゃんはお空に飛んでいってしまったのだって。このところずっと父さんがかなしんでいるのは、そのせいなのだって。

でも、どうしてかなしいの?

やっぱり中国人の父親だからね、男の子が欲しいのよ。父さんを元気づけてあげて。

わかった。

うんと乖《グアイ》になろう、と私は決心した。男の子なんかに負けないくらい、かんぺきになるんだ。

宇宙飛行士の家族《アストロナット・ファミリー》

カナダに移住したとき、私は三歳半だった。ほかの多くの家族と同じように、うちの家族も一九九七年の返還*前に香港を離れた。その時期に、住民の約六分の一が香港から出ていったという。

でも父は、新たな国で仕事を見つけられなかった香港人たちの話を見聞きしていた。現地の言葉を話せないせいで、皿洗いに身をやつしたマネージャーたちの話とか。多くの父親たちの例にもれず、うちの父も、製造業の仕事を辞めてまで移住する気にはどうしてもなれなかった。

母を助けるため、祖父母が一緒にカナダへ移住してくれることになった。その春、父は二週間の休暇を取り、五人で啓徳《カイタック》空港へ向かった。親戚の伯父伯母たちが勢揃いで、出発ゲートまで見送りにやってきた。

カナダは香港人がもっとも多く移民した国で、バンクーバーの学校でも、大半のクラスメイトの家庭では、父親だけが仕事のために香港に残っていた。だから、べつにうちの家族が変わっているとは思わなかった。香港人の父親というのは、そういうものだと思っていたから。

宇宙飛行士の家族《アストロナット・ファミリー》。これは、香港のマスコミが発明した言葉。宇宙飛行士みたいに、家族から遠く離れた父親が――宙《そら》を飛んで行ったり来たり。

＊一九九七年七月一日、香港の主権がイギリスから中華人民共和国へ返還、移譲された。

とってもさわやか

バンクーバー空港の到着ゲートから出ていくと、出迎えにきた友人一家が大きく手を振っていた。

カナダの空気って、とってもさわやかでしょう？　と彼らが言う。

それから二週間、私たちはリッチモンド近郊の友人宅に滞在し、車であちこちへ連れていってもらった。「リトル香港」の呼び名をもつ新しいショッピングモール、〈アバディーンセンター〉で点心を食べたり、スタンレーパークでアヒルにパンくずをやりながら、みんなでポーズを取って写真を撮ったり。でも何しろ時差ボケがひどかったから、ベージュのミニバンの後部座席に陣取った私たちは、口を開けたまま眠りこけていた。

二週間後、新居への引っ越しをすませた私たちは、彼らの車でバンクーバー空港まで送ってもらった。空港に着くと、母が私の目を見て言った。さあ、バイバイって言おうね。父さんはこれから飛行機に乗って香港へ帰るのよ。

ユー・ストリート

新しい家の窓からは、鬱蒼と茂った針葉樹や吹き抜ける風に枝葉を鳴らす木立が見える。見渡すかぎり、外は緑。

夜、母は自分の部屋で寝るし、祖父も自分の部屋で寝る。私は祖母と一緒に寝る。だって、私たちはいつも一緒だから。三世代、ひとつ屋根の下。

ぽつぽつ　ぱらぱら　ぽつぽつぱらぱら　ぽつぽつぱらぱら

バンクーバーの新しい家では、見渡すかぎり、外は雨。

チャイナタウン

週末になると、祖父母と母と私はバスに乗ってチャイナタウンへ行き、漢方医に診てもらう。カナダに来てからというもの、すっかり冷え性になってしまったのだ。

そのあとは、キーファー通りやメイン通りでマーケットの露店を見て回りながら、青梗菜や毛瓜《モウグワー》、クレソンにアヒルの肝臓の塩漬け、それにスープ用の豚骨や烏骨鶏の肉などを買う。みんなで一週間分の食料を買いこみ、両手に袋をぶら下げて、バスに乗って帰った。

ところが、それから数年のうちに、リッチモンドには香港からの移住者がますます増え、〈ヤオハン〉や〈T&T〉といったアジア系のスーパーマーケットが開店したこともあり、母が運転免許を取って車を買ったころには、チャイナタウンにはもう行かなくなっていた。

モールでのできごと

ある日、〈アバディーンセンター〉のフードコートで、湯気の立ちのぼるワンタンをトレーに載せた女性が近くの席に座った。母が二度見した。

あなた移住したの？　母が声をかける。

あなたも移住したの？　相手が訊き返す。

以前、香港で、母と同じビルで働いていた人だった。

モールでのできごと　二

またある日のこと、〈ゼラーズデパート〉の店頭で、母と友人が電気ケトルを指さしながら品定めをしていた。

これなんかどう？　と母。

あれなんかどう？　と友人。

すると、見知らぬ人がつかつかと歩み寄ってきて言った。おまえら中国人は声がでかすぎるんだよ！

保育園の先生からの電話

ある日、保育園の先生から家に電話がかかってきた。お宅のお嬢さん、二時間おきにトイレに行くんです。

そこで母が私を病院へ連れていき、尿検査などをしてもらったが、結果は異常なしだった。おそらく、環境の変化のせいで神経質になっているのではないか、と医師は言った。まだ幼いからすんなりと適応できないのかもしれないし、伝えたいことをうまく言葉にできないのかもしれない、とも。

祖母の話では、香港の保育園に通っていたころの私はうるさすぎて、しょっちゅう面倒を起こしていたらしいのだけど。ともあれ、私が憶えているのは、カナダに移住して以来、通信簿にはいつも「おとなしすぎる」と書いてあったことだけ。

きれいな鼻筋

身体を温めるため、おばあちゃんと私は家のリビングで十八種類の気功の型を練習する。

どっちに手が動いても、と手のひらで宙を押しながら祖母が言う。返しどきは手が心得てるもんだ。

見えない糸に操られているかのように、私はくるっと手のひらを返し、鼻先へ近づける。

きれいだねえ、と祖母が言う。赤ちゃんだったころ、おまえの父さんに言ったんだよ、あたしの孫娘はすこぶる美人だ！って。そしたら、あの子は鼻ぺちゃだからなあ！　なんて言うじゃないか。だからそれから九か月間、朔望月《さくぼうげつ》*の一日《ついたち》と十五日

*月の満ち欠けの周期を基にした太陰暦の暦法で、その周期を朔望月という。

には、おまえの鼻をつまんだんだ。おかげで、そんなにきれいな鼻筋をしているだろう。生まれたときは、そんなふうじゃなかったんだよ。

占い師

私が生まれたとき、両親は自分たちで名付けなかった。二週間待って占い師のところへ行き、縁起のよい名前を付けてほしいと頼んだ。

私の出生占星図に視線を落としたまま、占い師は言った。この子はえらく運勢が強いね。このままでは待望の男児を授からないかもしれない。この子の力を和らげるには、代母《ゴッドマザー》を見つけなさい。

両親は仕事を通じて知り合った、子どものいない親切な日本人女性のことを思い出した。日本の茨城県に住んでいて、英語も広東語も話さない人だ。母の話によれば、日本の文化には代母という概念はないのに、その人は快諾してくれたという。そして代母になったしるしに、私用のお箸とご飯茶碗を贈ってくれた。

でも私が憶えているのは、大きくなるにつれ、妹が生まれますように、と手を合わせて祈っていたこと。

私の名前

私の名前の一番目の漢字は何世代も受け継がれてきたもので、父方の女性の親族の名前には必ずこの漢字が含まれている。

緑色という意味だけれど、ただの緑ではなく――エメラルドのような青みがかった緑。

そして二番目の漢字の意味は、美しい翡翠。

緑色の絨毯

バンクーバーへ移住してから、母が妹を妊娠したことがわかるまでのある時期、祖父母が香港に戻っていたことがあった。

食事を作ってくれる祖母がいないから、母と私は毎晩、近所の広東料理店へ夕飯を食べに行った。子守りをしてくれる祖父もいないから、放課後は公民館の子ども教室へ連れていかれた。母は私を陶芸やアニメーションといった美術教室に参加させ、図書館の読み書かせの時間には、自分も一緒に座って聴いていた。

窯焼き前の粘土のカップを並べた横長の低い棚や、映写機がカチャカチャと音を立てている薄暗くて埃っぽい部屋の様子が、いまも目に浮かぶようだ。緑色の絨毯に座って、図書館の司書さんの声に耳を傾けていたのも憶えている――あのチクチクする緑色の絨毯に、手のひらをこすりつけながら。

おばあちゃん曰く

おじいちゃんと一緒にカナダに来てほしいとおまえの母さんから頼まれたとき、あたしは行きたくなかった。だから言ったんだよ、英語だってわからないのに、って。だけど、一緒に来てくれないなら私だって行かない、なんてあの子が言い張るもんだから。それで仕方なく、一緒にカナダへ渡ったんだ。

それはもう退屈だったよ！　当時はまだ中国語のテレビ番組もなかったしね。毎日、中国の新聞を買ってきて、朝から晩まで、広告だってひとつ残らず、隅々まで読んだものだよ。夜七時には、もう真っ暗。通りに人っ子ひとり、幽霊さえいやしない。香港にいたころは毎晩、友だちとみんなで麻雀をやっていたのに。

おじいちゃんとあたしは、最初から移民したわけじゃないんだ。まずは六か月の観光ビザで行ったんだよ。だから半年後、香港へ戻ったわけ。

香港へ戻ったら、泣けて、泣けて仕方がなかった。毎日、泣いていたよ。何も口にする気になれなかった。頑として、水さえ飲まなかった。

そしたら、麻雀友だちが一週間の北京旅行に誘ってくれたんだ。北京へ行ったのは、そのときが初めてだった。万里の長城を見物して、城壁の上を少し歩いたりしてね。油条《ヤウティウ》〔揚げパン〕や北京ダックも食べたよ。それでようやく、少しは気が晴れたんだ。

その後、母さんがおまえの妹を身ごもったことがわかると、おじいちゃんはすぐにバンクーバーへ移住した。あたしがついに移民したのは、あの子が生まれたあとだったけどね。病院に行ったら、うちの赤ちゃんが毎日、目の前で採血なんかされるものだから、また泣けてきて仕方がなかったよ。

家族の祈り

どこの家もそれぞれ、なかなか覚えられないような、ややこしいお祈りを受け継いでいるもんだよ、と祖母は言った。

夜ごと寝る前に、祖母が枕元の引き出しから黒いお数珠を引っぱりだす。妹の健康を観音さまに祈る。母の幸福も観音さまに祈る。それから祖母がそらで覚えているお経を唱えだすと、私は両手のひらをさらにきつく押しつけあう。お経の文句など知らず、声を合わせることはできないけれど、ときどき〝パイナップルの靴下《ソック》〟と言っているように聞こえる。

心のなかで、繰り返しつぶやく――パイナップル・ソック　パイナップル・ソック――妹のことを思いながら。

保育園の先生からの電話

ある日、保育園の先生からまた電話がかかってきた。お宅のお嬢さん、ほかの子たちと遊ばないんです。クラスのみんなが着せ替えごっこやおままごとをしているときも、部屋の隅にぽつんと突っ立って、しかめ面のまま、お人形をだっこしているんです。

母が言うには

あの子を産んだのは、カナダに移住した翌年のこと。あの子は生まれつき肩に大きな血腫があって、血小板がほとんどなかったの。

小児病院の先生たちにも治療法がわからなくて、担当のがん専門医があの子の症例をアメリカやヨーロッパの学会で発表したのよ。一歳の誕生日の一週間前に、ステロイドの投与を再開することになったんだけど、投与を始めて二、三日後、あの子が激しく泣きだして、突然、様子がおかしくなったの。肩の血腫から紫色の血が出て腕まで垂れているのを見て、急いで病院に連れていった。ステロイドの投与は中止が決まったけれど、投薬量を段階的に半減させていく必要があるから、一週間もかかったのよ。先生の話では、あとはもうフランスの新しい薬剤を試してみるしか打つ手がない、でも、まだ子どもには投与された試しがないから、副作用についてはわからないって。父さんと私は、やめておくことにした。そのかわり漢方を試してみたいと先生に伝えたの。

ちょうどそのころ、香港出身でトロントに住んでいる男の子が重病にかかってしまってね。そこで「少年を救おう」っていうキャンペーンが立ち上がって、世界じゅうの中国人に骨髄提供を呼びかけたの。そのことは香港のありとあらゆる雑誌でも報じられたくらい。

ついにその少年の病気を治した中国人医師は、一躍有名になった。その記事を読んだ親戚の誰かに——たしかあなたの伯父さんだったと思うけど——言われたのよ。トロントの医者が例の少年の病気を治したそうだ。その医者に訊いてみなさいよ、って。

それで、トロントに住んでいる友人に電話したら、さっそくその医師の連絡先を調べて必要な書類を送ってくれたの。そうしたら、診察申込書のいちばん上に「当医師が治療するのは善人のみ、悪人は治療せず」って書いてあるのよ。しかも、対面での診察は行わないって。やりとりはすべてファックスで、支払いは寄付形式だって。

申込書には中国名でサインをする決まりで、患者が子どもの場合は親がサインをする。そのサインの筆跡から、その人が善人かどうかを医師が見極めるというの。そんなわけで私が申込書にサインをして、あの子の症状を書き記した書類と一緒にファックスで送信した。

そのあと、一週間後くらいに、折り返しファックスで処方箋が送られてきた。ほかのことは一切書いてないの。さっそくチャイナタウンで漢方の薬草を買ってきて、説明書の指示どおりに煮詰めてみた。

説明書によれば、漢方の薬草は金属製の鍋で煮てはいけないんだって。薬草の成分変化を防ぐために、必ず陶器の鍋を使わなくてはならないの。まず薬草を水から煮て、陶器のお碗に半分くらいの量になるまで煮詰める。液体をお碗に移したら、またすぐに薬草の鍋に水を入れて、お碗に半分くらいの量になるまで煮詰める。それから、最初に煮詰めた液体と二回目に煮詰めた液体を混ぜ合わせるわけ。さっそく、できたての半量、陶器のお匙二杯分をあの子に飲ませた。残りは冷蔵庫に入れておいて、あとで温めてから与えるの。

この漢方薬を一週間飲ませたあと、あの子の症状を記した報告書をファックスで先生に送ったら、こんどはまた新しい処方箋が送られてきた。

漢方薬を飲み始めて一か月後には、あの子の血小板数は五から二〇に上昇していて、病院の西洋医学の担当医に、すごいね！って言われたの。

そのつぎの診察のときには、血小板数が二〇から四〇に上昇していたものだから、西洋医学の担当医も、これは驚いたな！って。

二歳半のときには、すっかりよくなった。

ある日、チャイナタウンの漢方薬局に行ったら、処方箋を見た薬剤師がふと視線を上げてこう言った。これは、トロントのあの有名な先生の処方箋ですか？　成人用でしょうか？

ええ、そのトロントの先生の処方箋ですけど、小児用です、って答えた。

そしたら薬剤師が、先日も同じような処方箋を持ってきた人がいて、それは成人用だったっていうのよ。

もう、わけがわからなくて。別の病気の大人にも同じ薬が処方されたのだとしたら、どうして赤ちゃんの病気が治ったんだろう？

それを聞いた私の友人ときたら、あの先生、ファックスで病気を治したんじゃないの！　だって。

茶色いどろどろ

そういえばあのとき、私はリビングに立っていた。夜、妹が薬を飲まされていたとき。

祖母が片手で妹の両腕を押さえ、もう片方の手で両脚を押さえる。母が妹の鼻をつまみ、陶器のお匙で茶色いどろどろの液体をちっちゃいお口に流しこむ。つぎの瞬間、妹が顔をしかめてぶっと噴き出し、ベージュ色の壁一面に茶色いどろどろが飛び散った。

午後のおやつ

母はいつだって病院にいたから、学校の送り迎えは祖父がしてくれたのだが、おやつを作ってくれたのは祖母だった。みずみずしい梨の皮をむいて薄切りにしてくれたり、麦芽糖シロップの瓶を箸一本でかき混ぜて、塩味のクラッカーに甘いシロップを垂らしてくれたり。餃子を焼いてくれたときは、熱した胡麻油の香りが家《うち》じゅうに広がった。でも私がいちばん好きだったおやつは、祖母が蒸したもち米で作る中国風おにぎり。*ふわふわの豚肉田麩《でんぶ》をまぶして海苔で巻いてあるのだけど、真ん中にポテトチップスを砕いたのが入っていて、ひと口食べるたびにサクッとした食感を味わえる。

* 飯糰《ファーントゥン》のこと。中国東部の長江デルタ、台湾、香港で食べられる中国風のおにぎり。

おばあちゃん曰く

あたしが子どものころは、食べるお米にも事欠いたもんだよ。日本軍からほんのちょっぴりの割れ米を買うために、毎日、うちのばあさんと長い行列に並ぶんだ。割れ米だよ、まともな米粒じゃないんだ！　その割れ米を太い木の棒ですり潰して、粉にして、水を加えて煮るんだよ。あったかい糊《のり》を食べるようなもんだ。だけどそのうちお金も尽きて、ばあさんは割れ米一〇キロと引き換えに、日本兵らのための塹壕掘りに行ってしまった。

それからは、ひとり暮らしさ。十二か、十三のころだよ。あたしの母さんは住み込みの乳母をしていたんだけど、居所もわからなかった。その母さんがあたしのために借りた高興街《ゴウヘンガーイ》の部屋というのが、もとは一軒のアパートをいくつもの小部屋に区切ったところでね。そこの間借り人の女性が、あたしが手持ち無沙汰なのを見て、『西遊記』や『水滸伝』、『紅楼夢』みたいな古典の本を何冊もくれたんだ。学校にはたったの一年しか通えなかったけど、とにかくあたしは賢かったから、独学で本を読めるようになったんだよ。いちばんのお気に入りは『三国志』で、何べんも繰り返し読んだ。日が暮れたあと、爆撃を避けるために消灯しなくちゃいけない晩には、モミの樹液を染みこませた長い棒きれを灯して――お線香よりは太いけど、鉛筆ほど細くはない――それを本の近くに掲げるんだ。ひと晩じゅう、ずっと読んでいたよ、何しろ読書が大好きだったからね。空が白んできたころには、鼻が煤《すす》けて真っ黒になっていたもんだ！

ある日のこと、母さんに会いに行ったら、あったかい豚まんの入った袋をくれたんだ。帰り道をひとりで歩いていたら、道ばたの乞食たちが痩せこけた顔に目をぎょろつかせて、じーっとこっちを見るんだよ。そのうち四人で追っかけてきたものだから、あたしは豚まんの袋を放り投げて、走って逃げた。あのころは、みんな本当にひもじかったんだ。金魚巷《カムユーホン》で、太腿の肉が切り取られた死体をいくつも見たよ。

こんなこともあった。あるとき、あたしの目の前を、男の人が煙草を喫いながら歩いていったんだ。そしたら通りの突き当りで、日本兵らがいきなりその人に向かって、土下座しろって言うじゃないか。奴らはその人の頭に銃を突きつけたまま、煙草をひと箱、一本残らず食わせたんだ。

そのうち母さんのお金が尽きて、あたしの家賃を払えなくなったものだから、母さんはあたしを連れてマカオへ行った。マカオはあたしが生まれたところで、父親を探しに行ったのさ。父親はマカオ警察の主任刑事で、警察署は昇平《シンピン》劇場のすぐ裏手にあった。何よりの思い出は、父さんと一緒に粤劇《えつげき》〔広東語のオペラ〕を観に行ったことだよ。当時の主演女優というのがふくよかな美人でね、いつも翡翠の腕輪を身に着けていたんだけど、たいそう高価なものだから、街へ出るときは絹のハンカチですっぽり覆っていたそうだよ。父さんと劇場に行くのは夕方で、運がよけりゃ後ろの席が空いていた。だけどね、あたしは父さんの家に泊まっていたわけじゃなくて、知り合いの家で厄介になっていたんだ。どういうわけだか察しがついてもよさそうなものだったけどね。

ある晩、あたしは父さんの職場まで走っていって、ドアをいくつも駆け抜けながら大声で言った。父さん《バー》、父さん《バー》、劇場に連れてって！　まさか父さんの隣に女の人が座っているなんて夢にも思わなかった。同僚の人たちが、新しいお母さん《マー》にお茶を淹れてあげなさい、なんて言うんだ。わけもわからないまま、あたしは茶碗にお茶を注《つ》いでその人に差し出して、マーって呼んだ。それを見てみんなで笑ってるんだよ。それでようやく、父さんには新しい奥さんがいて、子どももたくさんいることがわかったわけさ。ところが、それからまもなく父さんが収賄のかどで取り調べを受けることになったものだから、母さんがやってきて、あたしを香港に連れ戻したんだ。

遥か彼方の田舎では、ばあさんが朝から晩まで土を掘り返し、夜は塹壕のなかで寝ていた。土がじっとりと湿っているせいで、そのうち肌が真っ赤に腫れ上がって痛痒くなってしまった。おまえはもう行っていい、と監察官に言われたばあさんは、それなら香港へ帰らしてくださいって頼みこんで帰ってきた。ところが、あたしが以前、間借りしていたアパートは爆撃されて跡形もなかったから、ばあさんはあたしを見つけられなかった。そんなある日、ばあさんが通りで物乞いをしていたら、近所の昔なじみの姿に気づいてね、その人があたしの居所を知っていたんだって。それでとうとう、ばあさんがあたしを見つけてくれたんだよ。

その後、ばあさんとあたしは小さな船に乗って、ひいばあさんの住む深圳へ向かった。ひいばあさんは百歳で、お風呂場ほどの狭苦しい小屋にひとりで住んでいたんだ。ばあさんとあたしは、ひいばあさんの小さな寝台のわきの地べたで寝たもんだよ。毎朝、ふたりで焚き木を取りに行っては、ばあさんが大きなモミの枝を割って、あたしも小枝を割ったもんさ！

その村で食べたものほどおいしいものは、生まれてこのかた食べたことがなかった。ときおり、ばあさんと裸足で砂浜を歩きながら、海水に手を突っこんで、蛤《はまぐり》やつぶ貝を探したもんだよ。貝殻から身をはがして、お粥に加えてさっと煮るの。そうすると、なんともさわやかな風味や甘みが出るんだ。ときたま運がよけりゃ、春巻きの皮を揚げたのに天日干しの烏賊《いか》の塩漬けを載せて食べたりしてね。でも、ふだんはたいてい木の皮とか、土のなかに残っているヤムイモのかけらなんかを食べていたよ。その村にいたのは、たしか一年ほどだったかね。村の人たちが、清王朝の軍人の末裔だとかいう大家族にあたしを嫁にやろうと企んだんだ。つまりね、童《トン》養媳《ヨンシック》として買い取らせようとしたんだよ――まだ子どものうちにそこの息子に嫁がせちまえば、女中として下働きをしながら大きくなって、大人になったら子どもらを産むだろうというわけさ。もちろん、そんなのはまっぴらごめんだった。だけど幸い、戦争が終わったもんだから、ばあさんと一緒に香港へ戻ってこれたんだ。

うちの子どもらは、誰もこんな昔話は知らないんだよ。あたしも一切話さなかったし、訊かれたこともなかったしね。

駐車場

おまえがあたしに似て賢いのは、ふたりとも同じ旧暦七月の生まれだから、あの世の扉が開いて、ご先祖様たちの霊がこの世に戻ってくるときに生まれたからだよ、と祖母は言う。でも母は、ふたりとももっと慎重になってくれなくては困ると思っているようだけど。

あるとき、リッチモンドの友人たちと一緒に家族で飲茶を楽しんだあと、祖母は私を抱きかかえたまま駐車場へ向かって歩いていた。階段を下りていた途中、祖母が急につんのめって足を踏み外し、車道へ転げ落ちていった。そこへ車がキーッと音を立てて急停止し、祖母の髪の毛をタイヤで轢いた。

自分の母親と娘が道路に倒れている光景を見て、母は怖気《おぞけ》立った。私の小さな手の指が潰れてしまったのではないかと、恐怖に駆られた。以前、こんなことを耳にしたから——駐車場や交通量の多い交差点には、成仏できない霊がうろうろしていて、誰かを連れ去ってやろうと待ち構えているのだって。祖母は私を守ろうとしてとっさに頭を下げ、全身を丸めて私に覆いかぶさったのだが、もしあのとき私がいなかったら、祖母は腕を投げ出していたかもしれない、首だってもっと伸ばしていたかもしれない、そしたらタイヤの下敷きになっていたのは、髪の毛じゃなくて頭だったかもしれない、と母は言う。

祖母はあのとき、誰かに突き飛ばされたような感じがしたと言っている――ひとりでにあんな落っこち方をするわけがない、と。

そんなわけで、祖母はいまでも、まるで口ぐせのように、おばあちゃんの命が助かったのはおまえのおかげだよ、と言う。

ある日突然

うちの家族のお気に入りの思い出話がある。病気がすっかりよくなった妹は、どこへ行くにも私のあとをついてきたのだけど、私が腰を下ろすたびに、なぜかつねってくるのだ。

昼下がり、よちよち歩きの妹が私のあとを追いかけてきて、テーブルのまわりをぐるぐる回る。五つ年上の私は、両腕に小さな青あざをいくつもこしらえて、叫び声を上げながら逃げ回っていた。

でも、なんでお返しにつねらなかったの？　この話をすると、途中でよくそう訊かれる。どうしてやられっぱなしだったわけ？

それがね、ある日突然、ぱたりとやらなくなったの、と私は答える。

それでもしばらくは油断せず、いつでも逃げられるように用心していた。ところが何か月たっても、妹はもう二度とつねってこなかった。あいかわらず楽しそうに私のあとをついてくるのだけど、こんどはやたらとひとの服装を真似して笑わせるのだ。

おさるさん

妹と私は音が大好きだった。広東語の響きも好きで、たとえば母さんが物が落っこちて壊れる音を〝ビン リン バーン ラーン〟って言ったり、路面電車《トラム》のことを〝ディンディン〟*って言ったりするのとか。

面白い音が聞こえてくると、ふたりで真似しながら家じゅうを歩き回ったり、ひまつぶしに笑い声の歌を作ったりした。

わっはっはー　わばはっは・は・は・はー！
うぇへっへー　うぃびひっひ・ひ・ひ・ひー！
うぉほっほー　うぉぼほっほ・ほ・ほ・ほー！
うっふっふー　うぶふっふ・ふ・ふ・ふー！

朝から晩まであきもせず、笑いながら歌いまくっていた。やがて寝る時間になると、二匹のおさるさんみたいに階段をよじのぼっていく。

＊〝ビン リン バーン ラーン〟と〝ディンディン〟は、日本語ではそれぞれ「ガシャン」「チンチン電車」に相当する。

星月夜

週末になると、母が車で私たちを美術教室へ連れていく。土曜の朝、わざわざ街の反対側まで、真冬で道路が雪に覆われていたっておかまいなしに。

絵画のレッスンのことで真っ先に思い出すのが、先生がラミネート加工をしたゴッホの「星月夜《ほしづきよ》」を掲げてみせたことだ。先生はテーブルの上にオレンジと黄色のオイルパステルを何本もまき散らした。そして、オイルパステルを紙に押し付けて短い曲線をいくつも描き、途切れた円を重ねることで星を描く方法を教えてくれた。こんどはその上から、濃い青の水彩絵の具を塗り広げていく。オレンジや黄色の途切れた円を縁どるように青い絵の具がにじんでいくと、夜空に輝く星々が忽然と姿を現して、思わずはっと息を呑んだ。

家に帰ったあと、私が星月夜を描く練習を続けるかたわら、妹はまるまる太った七色の猫たちを描いた。パステルや絵の具で濡れた床が、ピチャピチャと音を立てた。私たちのアートと一緒に壁も踊った。

やりたいことがあるのに

芸術家《アーティスト》の家系なんですか？　とよく訊かれた。

うちの家族でアートをやっているのは私だけです、と答える。

このあいだ、ふと思い立って母に訊いてみた。子どものころ、どうして私たちをあんなにいろいろな美術教室へ連れていってくれたの？

自分でも昔から絵を描いてみたいと思っていたのだけど、ちゃんとした描き方を知らなかったから、と母は言った。だから子どもたちは絵の描き方を学んでおけば、なんでも好きなものを描けるようになるだろうと思ったのだという。

母が言った。力不従心《リク・バット・チャン・サム》――どういう意味か知ってる？　やる気はあるのに力が伴わないという意味よ。なんとも歯がゆい気持ち。やりたいことがあるのに、できないんだもの。

母が言うには

子どものころは、いつもひとりぼっちだった。親たちは働き詰めだったし、兄さんたちは友だち付き合いで忙しいし、姉さんたちはいつもふたりで仲よくしていたから。末っ子の私のことなんて、誰も気にかけてくれなかった。

学校でも落ちこぼれだった。先生の言葉なんか、左の耳から右の耳へ通り抜けていくだけ。だけど学校から、留年して同じ学年をやり直したほうがいいって言われたとき、おばあちゃんが新しい学校を見つけてくれたの。その学校で、バスケットボールを始めたのよ。放課後は毎日、部活の練習に参加して、九年生のときには代表チームのメンバーに選ばれた。これでも私、学校じゅうで有名だったのよ、知ってた?

決勝戦が目前に迫ったある日、学校で練習をしていたら、チームメイトとぶつかった拍子に左の親指を突き指してしまったの。私はスタメンで主力選手のひとりだったから、その子が泣き出しちゃって。練習後すぐに、コーチに連れられて接骨院へ行ったら、親指を包帯でぐるぐる巻きにされちゃった。

数日後、ついに決勝戦を迎えても、私の左手はまだ包帯で覆われていたから、ベンチスタートを指示された。主力選手を欠いたせいで、みんな不安に駆られてしまって、前半終了時には、うちのチームは負けそうになっていた。

そこで、コーチが後半に私を投入したの。私がコートに立ったとたん、みんなの士気が上がって、チームがいつもの調子を取り戻した。私は親指のことは考えず、ただプレイに集中した。幸いにも敵のチームはフェアで、わざと左手にぶつかってきたりしなかったし。やがて、私がフリースローを二回ゲットした。フリースローっていうのは、一回につきシュートを二本打てるわけ。一回目は二本とも決めて、二回目は一本決めた。当時の私は、シュート精度が抜群だったからね。最後は一点差で競り勝った。こうして、優勝を勝ち取ったのよ。

公営のコートでの試合だったから、大勢の友だちやクラスのみんなが観戦にやってきて、うちのチームを応援してくれた。それで私、あだ名を付けられたのよ。試合に勝ったあと、クラスのみんなが大合唱したの。片手《ワンハンド》のヒーロー！　片手《ワンハンド》のヒーロー！って。

いまでもよく憶えているんだけど、あのころおじいちゃんが新鮮な牛乳を注文してくれてね、毎日二本、牛乳が瓶で家に配達されたの。あの日、試合から帰ったときも、新鮮な牛乳を大きなグラスにたっぷり注《つ》いだものよ。

当時、うちの家族は横頭磡《ワンタウホム》の公営団地で暮らしてた。運よく、フロアでいちばん大きな部屋のひとつに入居できたのよ。アルファベットのHみたいな形をした団地で、四つの角がそれぞれ大きな部屋になっているの。うちには台所があったから、水道の蛇口にホースを取り付ければ、冷たいシャワーも浴びられた。台所の床に排水口があるから、おしっこをしても水で流せるし。

そうじゃないと、Hの真ん中にある吹き抜けの階段わきの共用トイレまで、わざわざ行かなくちゃならないんだもの。一応、男性用と女性用があって、個室がずらりと並んでいるんだけど、ドアがないのよ。子どもたちがそこらじゅうでうんちをするから、足の踏み場もないし、変な男たちが覗きにくることもあって。この昔の思い出だけは、どうしても頭にこびりついて離れないの。いまでもあのトイレが夢に出てきて、うなされてしまうくらい。

セピア色の写真

祖母が言うには、Ｈ形の団地でいちばん大きな部屋といっても、寝室はひとつしかなかった。祖父母は居間をカーテンで区切って寝場所をこしらえ、あとの七人は寝室の二段ベッドで寝たという。

九人もいたの？　私は訊いた。

あたしとおじいちゃんでしょ、と祖母が言った。それにおまえの母さん、伯父さん伯母さんたちが五人、それにあたしの母さん。

おばあちゃんのお母さん？　どんな人だったの？

いい人じゃない。でも、すこぶる美人だった。

写真持ってる？

祖母は足をひきずりながら自分の部屋へ行くと、セピア色の写真を手に戻ってきた。端のほうが破れてしわくちゃになっている。その写真には、まばらな前髪をしたふたりの若い女性が写っていた。地味な詰め襟のドレス姿で書き割りの前に立ち、正面のカメラのほうを向いている。祖母は、射抜くような眼差しの背の高い女性を指さした。

当時はね、と祖母は言った。大勢の中国人の男たちが、まるで子豚みたいに欧米に売り飛ばされて、鉄道の建設現場や農場で働かされたんだ。あたしのひいじいさんは、年季奉公の奴隷としてタヒチの果樹園に売られた。そのタヒチで、果樹園の主人の娘がひいじいさんに惚れちまって、年季明けで帰国したひいじいさんのあとを追って、中国へ渡ったんだ。しまいには、その地方の方言まで話せるようになったのに、村人たちからは一生、鬼婆《グワイポ》〔広東語の俗語〕なんて呼ばれたんだよ。あたしの母さんがあれほど美人だったのは、そういうわけさ——生粋のタヒチ美人の孫なんだ。母さんがあれほどの美貌だのに、あたしをこんな不器量に産むんだからね。まあ、父親似なのかもしれないけど。

あたしときたら四角顔だし、口もでかいし。片方のまぶたは一重なのに、もう片方は二重だしね。だけど、頭のほうはかなり切れるだろ？　そもそもあの団地の大きな部屋に住めるようになったのは、あたしのおかげなんだって知ってたかい？それまでは、一家九人の大所帯が佐敦《ジョーダン》地区のたったひと間のアパートで暮らしてたんだ。そのアパートの前にはいつも回診車が停まっていて、医者の診察を受けられるようになっていた。ある日、医者に診てもらおうと思って、アパートの階段を下りて回診車のところへ行ってみたんだよ。そしたら、たまたまその日は看護師が非番だったらしくて、誰もいないじゃないか。どうして受付に人がいないんですか？って訊いたら、先生が言ったんだよ。じゃあ、あんたやってみるかい？って。

回診車の清掃も込みで、賃金は一四〇ドル。七人乗りのバンよりひと回り大きいくらいで、机がひとつと患者さんが腰かける長椅子が置いてある。車両の清掃も、受付で患者の名前を記録するのも簡単で、わけもなかった。そしたら先生が、あたしの筆跡がいいってことで雇ってくれたんだよ。

それからまもなく、優秀な女性の医師が回診車で働くようになった。本土から香港に移ってきたばかりで、まだ病院で働けなかったのさ。その先生が、注射の打ち方を教えてくれたんだ。まず、針を軽くはじく。それから、腰の横の骨から後ろに向かって三分の一くらいの位置を狙って、お尻のほっぺに針を刺すんだ。先生ときたら、私の肉付きのいいお尻で練習させてあげる！　なんて言うんだから。

肉付きのいいお尻に注射針を刺すのは簡単なんだよ。ところが、そのあと注射を受けにきたのはお年寄りで、お尻までしわくちゃなんだもの。あれは針を刺すのにえらく苦労したね。

もうひとり、薬剤を用意する看護師もいた。あるとき、その看護師があたしに薬の用意をするように言いつけて、昼食に出かけてしまったんだ。当時のあたしは、アルファベットの二十六文字さえまともに読めなかったんだけどね、そこへ年配の女性が処方薬をもらいにきたんだよ。先生はその患者の投薬量を一錠から半錠に減らす指示を出していたんだけど、処方箋になんて書いてあるのかよくわからなかったもんだから、どの薬も一錠丸ごとのまま渡してしまったんだ。あとからその処方箋を見直したときには、冷や汗がどっと出たもんだよ。それからは、もっと注意深くなった。

そんなある日、地区のお役人がホルモン注射を打ちにきたんだ。その人のお尻に注射を打ちながら、ふと思い立って言ってみたんだよ。うちは九人の大所帯なんですが、たったひと間で暮らしているもので、もうちょっといいところへ入居したいと思ってるんですよ、って。そしたらどういうわけか、そのお役人が横頭磡《ワンタウホム》の公営団地の入居申し込みに手を貸してくれたんだ。ついこのあいだ、おまえが母さんから話を聞いた、あの団地だよ。

どうして昔のことはこんなにはっきりと憶えているんだろうね？　近ごろは台所に行ったって、何を食べようと思っていたかも思い出せないのに！

春節

毎年、春節に父さんがバンクーバーへ来るときには、家じゅうをきれいに掃除して、おとなしくしていなければならなかった。家族全員が二週間、階段の上り下りにも足音を忍ばせ、テレビの音量も小さくして過ごす。

食卓に着いたら、妹と私は必ず食事の前に、大人たちの名前を呼んであいさつをしなくてはならない。もちろん、父さんがいちばん最初だ。食事中は広東語の探偵ドラマも観られないし、口にものを入れたましゃべってもいけないから、陶器のお碗に当たるお箸の音だけがカチャカチャと響くなか、みんな黙って食べる。

いい子《グァイ》にするのよ、と母が言う。二週間、いい子《グァイ》でいてちょうだい。父さんはあなたたちのために、香港で一生懸命働いているんだから。

でも、みんながおとなしくしている本当の理由は、父の時差ボケのせいだった。

眠れないと怒りっぽくなって、銀縁メガネから覗く目が真っ赤になってしまうから。とはいえ、声を荒らげるようなことは決してなかった。父の怒りは冷ややかで張りつめていて、部屋じゅうがしんとなってしまう。

母の話では、カナダに移民してから数年は、春節の休みが終わって父が空港へ向かうたびに、私は泣いていたらしい。でも、そんなことはちっとも憶えていない。春節のことで思い出すのは、もっと大きくなってからのことばかりだ。母が西瓜の種の塩炒りや、蓮根の砂糖煮、ミルク味の大白兎《ホワイトラビット》キャンディーを盛りつけた黒い漆塗りの箱のこと。妹と一緒に絨毯の上であぐらをかいて、お年玉の赤封筒をずらりと並べたこと。そして、家がいつもの状態に戻る日を指折り数えて待っていたこと。

夏

　バンクーバーの夏は最高だと誰もが言う――暑すぎず、涼しすぎず、雨は一滴も降らないと。でも私たちは、そんな夏を過ごしたことがない。だって、学校が夏休みに入ったとたん、母と妹と私はスーツケースに荷物を詰めこんで、香港へと発ってしまうのだから。

　香港の夏は最悪だと誰もが言う。猛烈に暑くて、シャワーを浴びてもまたすぐに汗をかいてしまうし、湿気がひどくて息苦しいくらい。それになんと言っても、夏は台風の季節だから、滝のような雨がしょっちゅう降る。

夏、香港へ帰るたびに、見知らぬ人たちから言われたこと

夏休みで帰ってきたの？

ひと目見て、そうだと思った。

どこの出身？

私の友だちの姪もカナダにいるのよ。その子はトロントだけど、すごく寒いって。

あなたの広東語は、その子よりは上手だけど。

大きくなったら、仕事を探しに香港に戻ってくるつもり？

戻ってくるべきだよ、じゃないと向こうに根を下ろしちゃうもの。

きみが海外育ちだって、どうしてわかったのかな？

きっとその無邪気な顔つきのせいだね！

開運竹と発財樹*

高校《ハイスクール》何年のときだったか、父が香港で新しいアパートメントに引っ越した。以前のところとはちがって、新しい部屋はきれいで明るかった。海を見下ろすバルコニーまでついている。居間のテレビの前にはベージュのソファーが置かれ、それと直角にもうひとつのソファーが置かれていた。ダイニングテーブルの周りには、上座の父の席を先頭に黒っぽい木製の椅子が十脚並んでいた。部屋のコーナーや壁際には花や植物が飾られ、陽の光を浴びて輝くガラスの花瓶のなかでは開運竹《ラッキーバンブー》がすくすく育ち、白と藍の陶器の鉢からは幹をねじり合わせた発財樹《マネーツリー》が伸びていた。新居の家じゅうを案内しながら、父は満面の笑みを浮かべた。

昼間、父が仕事に行っているあいだ、母と妹と私はモールに出かけ、冷房の効いた館内をうろうろした。ときには伯母たちとランチをしたり、漢方医に行ったりした。夕方、帰宅した父がテレビのニュースを観ているときは、妹も私もノートパソコンに覆いかぶさるようにして、友だちとチャットをした。そんなふうにひと夏を過ごしているうちに、やがて八月も終わり、私たちは湿っぽい服をスーツケースに詰めこんで、バンクーバーへと戻っていった。

＊発財樹とはパキラのこと。風水で金運をもたらすと考えられている。

黄色いチューリップ

私が十一年生のとき、祖父があごがひどく痛いと訴えた。あんぐりと開けた祖父の口のなかを母が懐中電灯で照らしてみると、ピンク色の球のような腫れ物が見つかった。

祖父が入院し、父や伯父伯母たちが勢揃いで香港からバンクーバーへ駆けつけた。ところが母は私には、もうすぐ期末試験なのだからお見舞いに来なくていいと言った。勉強に励むのが学生の本分だから、と。

ついに祖父が亡くなったときも、ほかのみんなは葬儀に参列したのに、私だけ試験があって行けなかった。あの晩、みんながお葬式から帰ってきたあと、私はソファーに座って広東語のコメディー番組を観た。伯母もひとりかふたり一緒だったかもしれない。いまでもよく憶えているが、私は大声で笑った。自分の笑い声を聞きたくて、家じゅうに響き渡ればいいと思った。

すると、父が私に向かって言った。こんなときにあんな馬鹿笑いをするなんて、無作法じゃないか。親戚のみんながおまえのことをいったいどう思ったことか。

亡くなった当日、祖父はキリスト教に改宗した。病院のベッドに横たわった祖父が、母のほうへ身体を向けて、修道女を呼んでほしいと頼んだのだ。どういうわけで母に修道女の知り合いがいたのか、見当もつかない。ふたりの修道女がやってきて、ベッドの両側に立ち、祖父の手を片方ずつ握りながらお祈りを唱えた。やがて、祖父はそっと目を閉じた。

楽しいお葬式だった、とみんなが言った。あんな葬儀には出たことがなかったと、母も言っていた。室内は明るく照らされ、修道女たちが祈りの歌を捧げた。妹の話では、葬儀の途中にみんなで立ち上がって輪になって、祖父の人生を讃えたという。

母が亡き父のことを思うとき、何よりも思い出すのは、お腹に赤ちゃんがいることがわかったとき、真っ先にバンクーバーへ駆けつけてくれたこと。お腹が減って仕方がない自分のために、お父さんが生地から手でこねてこしらえてくれた、ほかほかの饅頭《マーントウ》〔中国の蒸しパン〕のこと。そんなとき頭に浮かんでくるのは、広東語の故事成語――「樹《き》静かならんと欲すれども、風止まず、子《こ》養わんと欲すれども、親待たず*」。親孝行したいときには親はなし。

祖父のことを思うとき、私が思い出すのは、とにかく陽気なおじいちゃんで、バンクーバーの近所じゅうの人たちと仲よしだったこと。肉汁たっぷりの豚肉と野菜の餃子も作ってくれたし、春になれば裏庭に黄色いチューリップを植えてくれた。毎朝欠かさず、子どものように元気よく「おはよう」と声をかけてくれた祖父の明るい笑顔が、いまも目に浮かぶようだ。

*「風樹の嘆」と呼ばれる広東語の故事成語。樹欲靜而風不止，子欲養而親不待。

馬の絵

十二年生のとき、父のために絵を描いてほしいと母に頼まれた。いつも父が座るテーブルの上座の後ろの壁に絵を飾るとよい、と風水師からアドバイスされたのだ。九頭の馬の絵じゃなくちゃいけないんだって、と母が言った。それも、疾走《ギャロップ》しているところじゃないと。

私は画材屋へ行って、頑丈なストレッチャー〔キャンバス張り器〕と分厚い綿《めん》のキャンバスを選んだ。〈ウィンザー&ニュートン〉の油絵具セットも新調し、軟らかなクロテンの毛のブラシもサイズ違いで買い揃えた。金属コイルが入った筆洗い用の瓶と、缶入りの無臭の薄め液も買い足した。それからインターネットで九頭の馬が疾走している画像を探したものの見つからなかったので、六頭の馬が疾走している画像と、それと同じ向きで疾走している三頭の馬の画像を見つけ、フォトショップで合成した。つぎに、キャンバスの下地として黄土色《イエローオーカー》の絵の具を塗り、馬たちのアウトラインを鳶色《バーントシエンナ》でスケッチして、暗がりの部分を茶褐色《ローアンバー》で塗りつぶした。

ところが大学から合否通知が届き始めると、筆が止まってしまった。私は夜も眠れなくなった。髪に触れただけで、抜け毛がはらりと落ちた。日ごとにニキビが増え、鏡をまともに見られなくなった。

結局、私はふたつの大学に合格した。どちらにするか迷った挙げ句、父に電話してアドバイスを求めた。

それはおまえ次第だよ、と父は言った。どちらも結構だが、いずれにせよハーバードではない。

その夜、机に向かってうなだれている私を見て、母が言った。塞翁失馬《チョイユンサットマ》*――どういう意味か知ってる？　ある諺《ことざわ》があってね、老人が馬を失って悲しむんだけど、しまいには、かえってそれが幸いしたのよ。

幸いしたって、どうして？

詳しいことは憶えてないけれど、要するに、災いと思ったことがのちに幸いすることもあれば、幸いと思ったことがのちに災いすることもある、ということ。塞翁失馬《チョイユンサットマ》っていうのは、そういう意味の諺なのよ。

それからの数か月、私は州の統一試験に備えて勉強したり、友人たちとドライブに出かけたり、荷造りをしたりしながら過ごした。やがて実家を離れ、大学へ向かった。

四か月後、冬休みに帰省すると、あの絵はいつごろ仕上げるつもりかと母に訊かれた。

さあね、と私は言った。もう写実画は描かないんだ。

すると、父はみずから深圳の絵画工房へ出向き、画家にお金を払って絵の制作を依頼した。

＊塞翁失馬。「塞翁、馬を失う」と読み下す。日本では「人間万事塞翁が馬」の句で知られる。

九頭の馬たちが鬱蒼とした森を抜け、昇る朝陽を浴び、たてがみをオレンジ色に輝かせながら疾走してくる。父はその絵を彫刻の施された金色の分厚い額縁に入れ、テーブルの上座に当たる自分の席の後ろに飾った。

試合

私が初めてひとりで香港へ行ったのは、大学一年の学年が終わったあとの夏休みだった。妹が高校生でまだ授業期間だったため、母と妹はバンクーバーに残っていた。私がインターンシップのために応募した十か所の就業希望先のうち、香港の広告代理店から受け入れの通知が届いたのだ。母と妹がおらず、父とふたりきりで丸一か月も過ごすのは、初めてのことだった。

それは二〇〇六年の夏、すなわちワールドカップの夏だった。私は父がブラジルびいきなのを知っていたから、インターンシップの初日の仕事のあとに、ブラジルチームの試合を一緒にテレビで観ようと誘った。そして当日、いまからまっすぐ家に帰ると知らせるため、電話をかけた。孝行娘がやりそうなことだな、と思いながら。

もしもし？　父が電話に出た。

いまから帰るから、と私。

誰に向かって話してるんだ？

誰って、決まってるじゃない？

家に帰ると、父はベージュのソファーに座って、銀縁の眼鏡越しに前をひたと見据えていた。テレビは点いていなかった。

どうしてちゃんと呼ばなかった？　真っ黒なテレビの画面を見つめたまま、父が言った。

いったいなんのこと？

さっきの電話のとき、「もしもし父さん？」ってなんで言わなかったんだ？

まじで？　だって、ただ、いまから帰るっていう電話じゃん。

私は斜向かいのソファーにひっくり返って、天井を見上げる。

人が話しているときはこっちを見なさい、と父。

私は頭上の淡い黄色のランプシェードのひだを数える。

こっちを見るんだ。

なんでそんなことでいちいち大騒ぎするわけ？

父は立ち上がって部屋を出ていき、バタンとドアを閉めた。

私も自分の部屋へ行き、ノートパソコンを取り出して、ベッドにもぐりこんだ。三十分後、静かなノックの音がした。私はベッドから出て、閉まったままのドアの前に立った。

あと何分かでワールドカップが始まるよ、と父が言った。

ドアの向こう側で、こちらを向いて立っている父の姿が目に浮かんだ。それとも、足元を見つめているだろうか。

もう観たくなくなった、と私。

遠ざかっていく足音に耳を澄ませる。

私はまたベッドに戻りこんで、ノートパソコンで試合を観た。そのまま朝が来るまで、部屋から一歩も出なかった。

石頭

母の話によれば、私は生まれる前から頭が硬かったらしい。妊娠中ずっと、香港の漢方の名医に処方してもらった漢方薬を飲んでいたせいにちがいない、と母は言っている。分娩室で出産を迎えたとき、医師が吸引器を使って私を吸い出したところ、頭があまりにも真ん丸で、頭蓋骨がしっかりしていたものだから、看護師さんたちもあっと驚いたという。

あなたが石頭なのはそのせいね、と母は言う。おまけに父さんに似て短気だし。ともあれ、おつむ空っぽではないけどね。

Sir

その夏、父の大学時代の友人たちと会う機会があった。父も含めて六名の経営管理学科の同級生たちが集まったのだ。みんなが好きなものを自由に食べられるように、父はビュッフェ式の素敵なレストランを会場に選んだ。

それで、うちの父は大学ではどんな感じだったんですか？　全員が料理を取ってきて席に着いたところで、私はたずねた。

みんなの尊敬の的だったよ。

会長や部長を歴任したんだ。

生徒会だろ。

バレー部もだよ。

優等生でね。

人柄もいい。

僕らが彼につけたあだ名は、「Sir《サー》」〔男性に対する英語の敬称〕だよ。

テーブルの向こう端に座っている父に目をやれば、級友に肩をぽんと叩かれ、朗らかに笑っていた。

その前の晩、家のなかで玄関へ向かう途中、細長いテーブルに置かれたひとり分の食器が目にとまった。白い陶器のお皿の上に白いお碗。木のお箸一膳、それに白い陶器のお匙。

そのときふと思い浮かんだのは、バンクーバーの家で母と妹と私が食卓を囲んでくすくす笑いながらピザポケット*を食べる、いつもの土曜の夜の風景だった。父さんもう起きている時間だから、あとで電話しようね、と母が言う。私は内心、忘れてくれないかな、などと思ってしまう。それか、電話をかけたら父さんが入浴中だったとか。いっそのこと、道路の電話線に雷が落ちればいいのに。最近、これといったこともしていないのに、父さんに何を話せばいいの？　なんでいつも話をしなくちゃいけないの？

私は振り返って、ひとり分の食器に目をやった。その瞬間、いつどんなときもひとり分の食器がぽつんと置かれた風景が目に浮かんできた。台風で激しい雨が窓ガラスを叩きつけるときも、部屋のなかを蝿が飛び回っているときも、テレビのニュースはつけっぱなし。緑萌ゆる春も、蒸し暑い夏のあいだも、冬の朝、白い光が射すときも。一年のほとんどのあいだ、父は朝から晩まで働いて、帰宅してひとりで夕飯を食べ、夜もなかなか寝つけなかった。

ドアノブを回して、大声で言った。父さん、友だちに会いに行ってくるね！

そうか、楽しんでおいで！　キッチンのあたりから、父の声が聞こえた。

下りのエレベーターに乗った私は、ガラスに映った自分の顔と向き合いながら、地上に着くまでの秒数を数えた。

＊イタリアのカルツォーネ（包み焼きピザ）に似た軽食。ピザポケットはカナダのマッケン社の商品名。

香港滞在中、カナダの母から電話

このあいだ父さんと電話で話したんだけどね、と母が言った。眠れなかったんだって。後悔してもしきれないって。

何を？　私はたずねた。

自分だけ香港に残って必死に働きながら、あなたたちをカナダで育てたことを後悔してるって。

なんで？

あなたたちは中国に根差していない、って言ってた。中国人なら中国の言葉や文化や歴史を知っていて当然なのに、ふたりともそうじゃないから。電話をかけた相手に呼びかけるくらいの礼儀すらわきまえていないって。

まじで？　だったら、そもそもなんで移住なんかしたわけ？

九七年の返還のあと、いったいどうなるかわからなかったからよ。

だけど結局、誰も彼も帰っていったのに、どうして私たちは香港へ戻らなかったの？

あなたたちが子どもだったころ、戻りたいかって訊いたら、ふたりともここにいたいって言ったからよ。

母が言うには

あの子が三年生のとき、香港に戻りたいかどうか、あなたたちふたりに訊いたの。あの年の春、バンクーバーはどこもかしこも桜が花盛りだったけれど、あの子は桜の花粉にアレルギーがあったでしょう。夜も眠れなくて、家じゅうあちこち寝場所を変えて、私の部屋のクローゼットにまでもぐりこんできたけど、やっぱり眠れなくて。とうとう、学校も休むようになってしまった。それであの子に、香港に戻りたいかって訊いたのよ。香港なら、こんなにどこもかしこも花は咲いてないから。そうしたら、絶対に嫌だって言ったの。そのころ八年生だったあなたも、やっぱり戻りたくないって。

もちろん、家族は一緒にいたほうがいいに決まってる。私だって、何もかも自分ひとりで面倒を見るのはしんどかった。私には、電話しかなかったんだもの。毎週日曜に、父さんが電話をかけてくれるのを待ってた。ほとんどの知り合いは、念願のカナダのパスポートを手に入れた暁には、子どもの気持ちなんかおかまいなしに香港へ戻っていったけど。回流《ウイラウ》って言ってね——潮はめぐり、流れる水は香港へ還っていくものだ、って。もう飛行機で行ったり来たりしなくていい。やっとまた、家族みんなで幸せに暮らせるんだ、って。

でも私は、ふたりとも戻りたくないのなら無理強いするのはやめようと思った。ふたりとも大学へ入ってから、自分ひとりで戻ればいいんだし。そのころになれば、どこで暮らすかは本人たちが決めることだから。

パジャマ

いまでも思い出すのは、カナダへ移民したあと、両親の寝室のバスルームに忍びこんだこと。父が香港へ帰っていった直後のことだ。バスルームの黒いタイルが足の裏でひんやりとした。私は白いプラスチックの洗濯かごに手を突っこみ、父さんの色褪せた縞模様のパジャマを引っぱり出して、鼻をうずめた。またこんど会えるときまで、父さんの匂いを覚えていられるように。

画家の精神

私は幼いころから西洋美術のテクニックを学んできたが、大学へ入ってから、中国の水墨画を学びたくなった。それで三年生のとき、中国美術学院への留学プログラムに参加することにした。

杭州での滞在先は、国際学生寮だった。個室には作業台代わりのガラスのテーブルと黒っぽい木の椅子が置かれ、同じく黒っぽい木製のベッドには硬いマットレスが敷かれていた。部屋の窓は青緑色のバスケットボールのコートに面していて、コートの周りを茶色い四〇〇メートルトラックが囲んでいた。夕方からバスケの試合があるときは、スタジアムの照明が灯される。そんな夜にはカーテンを開け放し、真っ黒な夜空に燦然と輝く蛍光灯の光の波を部屋じゅうにあふれさせた。

学生寮は西湖《せいこ》から通りを隔てたところにあった。湖畔の遊歩道沿いに立ち並ぶ枝垂れ柳がうなだれて、淡い緑が水面《みなも》をかすめている。なだらかに伸びてゆく石橋は、緩やかに反った屋根を持つ仏塔へと続いていた。ときおり、雑音まじりの二胡の調べがラジカセから聞こえてくるかと思えば、太極拳の練習をしている老人たちが一群になって、悠然と動いているのだった。

午前中は、ほかの六名の留学生と一緒に授業を受けた。約半年間の学期の課程は三つに分かれ、「花鳥画の模写」「山水画の模写」「書」を学んでいく。中国美術学院の本土の学生たちと同様に、古典の巨匠らの作品を毎日模写して学ぶのだが、私たちよりもはるかに腕の立つ彼らのほうが、よりいっそう過密なカリキュラムをこなしていた。

私たち学生が机を取り囲むなか、先生が水墨画の竹の描き方のお手本を示した。まず、水で筆を濡らしたあと、筆先を硯の縁で整える。桑皮紙《そうひし》の下辺あたりで、しばし筆先を宙に浮かせていたかと思うと、先生は竹の竿をひと節ずつ、下から上に素早く一筆《いっぴつ》で描いてみせた。

このフリーハンドスタイルの画法は、寫意《シィエイー》*と呼ばれている、と先生は語った。寫《シィエ》は書くこと、意《イー》は意思や真意のことだ。「真意を書く」とは、いったいどういう意味だろうか？　何色も色を塗り重ね、細部まで緻密に描きこんだ宮廷画家たちとはちがって、写意の画法を発明した職業画家ではない人たち〔文人など〕は実物をそっくりに描写することには興味を持っていなかった。彼らが紙の大部分を余白として残したのは、余白は形と同じくらい重要なものであり、虚も実《じつ》と同じくらい重要だと感じていたからだ。では、そんな彼らがとらえようと模索していたのは、いったい何だったのか？　画家の精神だ。

先生は一人ひとりを見てうなずきながら、筆にたっぷりと墨液を含ませた。そして、こんどは竹の節の部分に、ほっそりとした黒い線を横にすっと走らせていった。すると、まだ湿っている竿の灰色の部分に黒い線がうっすらとにじんで、いきいきと息づいた。

私の座り方に注目するように、と先生が言った。よい姿勢が大切なのは、それによって「気」が身体中をめぐり、筆や呼吸に流れこんで作品に注がれるからだ。

先生は竹の葉を一枚ずつ、一筆《いっぴつ》で描いてみせた。

＊東洋画において外形を映すことを主とせず、画家の精神または対象の本質を表現すること。反対語は写実《シィエシー》。

優れた写意画を観ると画家の精神を感じるものだ、と先生は語った。この蓮の花の掛け軸をご覧なさい。こちらの海老の素描を見てごらん。なんとみずみずしく、なんと伸びやかなことか。まるで子どものようだろう？　たった一本の線で、大海原だって描けるんだよ。

煙雨叢竹

授業のあと、ひとりで西湖のほとりの茶館まで歩いていった。湖面には霧が立ちこめ、枝垂れ柳の木々のあいだで桃の花が咲き始めていた。私は窓際の席に腰を下ろし、桂花茶〔金木犀の花のお茶〕を注文した。まだ一度も飲んだことのないお茶だ。ガラスの急須を覗いてみれば、無数の黄色い小花がお湯のなかを漂っている。蓋を開ければ湯気が立ちのぼって、杏と蜂蜜の香りがした。

少しずつお茶を飲みながら、ノートパソコンで中国の女性芸術家について調べていくうちに、詩人で画家の管道昇《かんどうしょう》に関する記事が目にとまった。一二六二年生まれ、中国史上もっとも傑出した女性画家と目される人物だ。墨竹画で有名だが、当時の女性画家が墨竹画を手がけるのはきわめて稀なことだった。竹は――冬のあいだも青々と茂り、しなやかに撓《たわ》む逞しさから――志操堅固な君子になぞらえられてきたのだ。管道昇の墨竹画は広く称賛された。批評家たちは、自信と力強さのみなぎったその筆致からは、女性の手によることを示す片鱗すら窺えないと語った。

管道昇について調べていくうちに、九二五年ごろに活躍した李夫人という画家がいることがわかった。こんな逸話がある。ある晩、屋外で座っていた李夫人は、月明かりのもとで揺れている竹の影に気づいた。その瞬間、ひらめいた彼女は筆を取り、墨液に浸すと、窓際の屏風の上に竹の影をなぞった。それからというもの、多くの画家たちがこぞって李夫人の技法を真似するようになり、こうして墨竹画というジャンルが生まれたのだった。

管道昇は、画家で書家の趙孟頫《ちょうもうふ》と結婚していた。彼女は亡くなる九年前、夫の仕事場で、みずからの作品についてこんな文言を書き記している。

筆や墨と戯れるのは男のなすことだと思われているが、私はこうして絵を描いたのだ。身の程知らずと人は言うだろうか？　だとすれば、なんと卑劣な、なんと見下げ果てた言いぶりであろうか。

この文言こそいまでも残っているが、絵画そのものは失われてしまった。管道昇は中国史上もっとも偉大な女性画家と称されるにもかかわらず、正真正銘、彼女の作品だとわかっているものは、たったひとつしか現存していない。「煙《えん》雨《う》叢竹《そうちく》」と題されたその美しい巻物には、川辺の水際にこんもりと茂った、羽毛のように軽やかな竹林が描かれている。この作品は、管道昇が墨竹画の分野において後世に残る貢献を果たしたことを示している。すなわち墨竹画の技術を駆使し、それを山水画と融合させたのだ。

ふと興味が湧いた私は、趙孟頫の絵画はどのくらい現存するのか調べてみた。なんと無数に残っている。彼の作品は、世界じゅうで蒐集されているのだ。

一か月後、父が杭州へやってきた。中国美術学院の創立百周年祭のときに来れば、記念行事がいろいろあるからと私が薦めたのだ。父の到着前夜は眠れなかった。考えてみれば、父がわざわざ会いにきたことなど一度もないし、ふたりきりで過ごすなんて、二年前の夏、香港でインターンシップをしたとき以来だ。私は杭州のガイドブックを片っ端から読んで、旅程表を作成した。

父が到着した日は快晴だった。一緒に観覧した開会式は、爆竹と獅子舞で幕を開けた。著名な芸術家が何人も出席していて、学院の芳名帳には達筆なサインがずらりと並んでいた。灰色の長髪に灰色の長髭《ぜん》をたくわえ、灰色の長衣をまとった老師が芳名帳にサインをする様子に、ふたりとも見入った。ロビーでは、女性奏者による琵琶《ペイパー》〔中国琵琶〕の演奏に耳を傾けた。

それから父にキャンパスを案内して回り、留学生による展覧会へ連れていった。

この数週間というもの、作品を審査会に提出するまで、私は何枚も絵を描いては丸めて捨てた。油絵とちがってやり直しが効かない水墨画では、上から塗って誤魔化すことができない。ふとためらって、筆運びがほんの一瞬遅れただけで、墨液が薄紙ににじんでしまう。私の絵が審査を通ったことは、父には話していなかった。驚かせたかったのだ。

白木の階段をのぼって最上階へ向かった。ギャラリーは明るい光に満ち、階段に面した向こう側の白い壁には、黒っぽい木製のフレームに入った私の作品が展示され、照明が当てられていた。

その絵のなかで、私は茶色い鳥に乗っている。白く透けるような木々の上空を翔けあがり、天高く舞い上がっていく。灰色の画仙紙に白色の水彩絵具を薄く塗ることで、そんな効果を生みだしたのだ。

題して、「幽霊森林《ゴースト・フォレスト》」。

父は後ろで手を組み、絵の前でじっと佇んでいた。

やがて、私のほうを見ずに言った。こんな作品をつくるなんて、おまえはどうかしているんじゃないかと思うね。

私はその場に立ち尽くし、父が後ろで手を組んだまま歩き去っていくのを眺めていた。会場のほかの作品を見て回る父のあとから、数歩遅れてついていった。

そのあとは、仏教寺院の霊隠寺へ行った。霊隠というのは、魂の隠れ家という意味だ。三二六年に建立されたこの寺は中国最大の寺院のひとつで、数多《あまた》の仏堂や仏像が立ち並び、洞窟がいくつもある。

鬱蒼とした緑に包まれた山門では、灰色の岩に彫刻された安らかな面持ちの仏陀のレリーフが、入場を待つ人びとの長い行列を見守っていた。この寺は、祈願に訪れた人びとの願いがよく叶うことで有名だという。私たちは黙ったまま歩を進め、ともに仏堂に入り、それぞれの仏像の前でひざまずいては、手を合わせて祈りを捧げた。

市内へ戻るタクシーのなかで、つぎは何をしたいか父にたずねた。

おまえが案内《ガイド》してくれるんじゃないのか？　と父が言う。

杭州花園《かえん》に行ってもいいけど、と答えた。

それがいちばんのお薦めなのかね？

さあね、行ったことないもの。

杭州に来て一か月も過ぎたのに。意欲がないんだな。

過ぎ去っていく西湖をタクシーの窓から眺める。窓ガラスにぽつぽつと水滴がつきはじめたと思ったら、たちまち雨粒が滝のように流れ始めた。

足首が痛い、と私は言った。もう歩きたくない。

寮の前でひとり降ろしてください、と運転手に頼んだ。到着すると、私は車を降り、振り返りもせずに寮の階段をのぼっていった。薄暗い廊下を歩いていき、クラスメイトの部屋のドアをノックした。彼女はバスルームにいて、ホットプレートを使ってトマトスープを作っていた。

お父さんをあちこち案内するんじゃなかったの？　彼女がたずねた。

少しもらってもいい？　スープの表面に浮かんだ泡を見つめながら、私は言った。

彼女のベッドに腰掛けて、二杯も平らげた。

最高なのに

父が亡くなる数年前、めずらしく家族旅行に出かけたことがある。父と妹と私は、海辺を歩いていた。きめの細かい白い砂浜だった。波間を進んでいくと、冷たい海水が肩のあたりまで迫ってきた。

足の裏に触る岩肌がこんなにごつごつしていなかったら、この海岸は最高なのに、と父が言った。

私は思わず水のなかを覗きこみ、両方のつま先を浮かせた。くるくると小さな円を描きながら、みんなで泳ぐ。やがて、三人とも砂浜に上がって身体を拭いていると、父が横目で私を見た。

もうちょっと顔がほっそりしていたら、器量良しに見えるのにな。それに、あと五センチ背が高かったら。

墨を磨る

父が香港に戻ってから、杭州は日ごとに暖かくなり、西湖のほとりのチューリップが花開いた。私たち留学生は全員、学期の最初の課程である「花鳥画の模写」をやり遂げた。そのごほうびに、先生が校外学習としてみんなを郊外のアトリエへ招いてくれた。

分乗したタクシーが速度を緩め、黄金色《こがね》の野原の外れで停まった。野原の真ん中にこぢんまりとした白い建物が佇んでいて、壁沿いに紫色の細い竹が並んでいる。みんなで野原を横切っていき、玄関の前に立った。紫色の竹のあいだを白い蝶たちがひらひらと舞っている。

先生に招き入れられ、階段をのぼっていった。全員で大きな木のテーブルを囲むと、先生の助手がお香の先端に火を着け、雨季の前に手摘みされた龍井茶《ろんじんちゃ》の緑色の茶葉に熱湯を注いだ。先生は墨と硯を取り出し、クリーム色のフェルトの下敷きの上にまっさらな桑皮紙を敷いた。硯の陸《おか》に水を数滴差し、時計回りに墨を磨っていく。硯と墨のこすれる音がかすかに響く。

ふと顔を上げて、先生が言った。ただ墨を磨っているわけではないんだよ。こうして墨を磨りながら、雑念を払っていく。絵を描くための心の準備をするのです。ときには心が落ち着くまで、三十分もただ墨を磨ることもある。

心水如

中国美術学院での最後の課題として、私は書の作品を制作した。桑皮紙と墨を用いて、シンプルな三文字を太い隷書体で書き、絹地の上に貼った。

心如水

心《しん》は水の如し

これを書きながら心に思い浮かべたのは、祖母のことだった。たったの一年しか学校に通えなかったのに、家族の誰よりもたくさんの漢字を知っているのだ。

本当に残念なことよ、と母はよく言う。おばあちゃんはあれほど聡明な人なのに。一九三〇年じゃなくて、何十年かあとに生まれていたら、きっと名を揚げたにちがいないのに。

ある伯母などは、祖母の潜在能力はこんなものではない、これをするために生まれてきたという使命をまだ果たしていない、とかねがね言っているほどだ。

祖母がやってのけたことがいくつも頭に浮かんでくる——古典の歴史小説をむさぼるように読み、みずから粤劇《えつげき》の脚本を書いたこと。その粤劇で主役を張ったこと。さらに、その粤劇を唐詩へと落としこんでみせたこと。

おばあちゃん曰く

粤劇《えつげき》を書くことになったのは、ひょんないきさつだったんだよ。当時住んでいた杭州で、「女性たちを台所から解放せよ」という政府主導の運動が始まって、あたしも陶器の製造会社で働くことになったんだ。その会社には、お碗や皿を販売する営業の人たちもいれば、経理の人たちもいた。ところが全員、男性なんだよ。女性たちに任されたのは、紙の花を茶碗に貼り付けて窯で焼く作業だけさ。

やがて「百花運動」*が始まると、社内で何か文化活動を立ち上げるように、と支配人から指示があった。そしたら、経理部と営業部に銅鑼《どら》や太鼓の演奏ができる男性たちがいることがわかったんだよ。ドーン！　ドーン！　シャーン！ってやつさ。しかも、そのうちのひとりは二胡も弾けるっていうんだ。そういや最近、おまえの

*百花斉放百家争鳴。一九五六年から一九五七年に中華人民共和国で行われた政治運動。多彩な文化を開花させ、多様な意見について論争するという意味。この方針はその後まもなく撤回され、この運動において共産党を批判した者は激しく弾圧された。

伯母さんが二胡を習い始めたけど、あれじゃ鶏の断末魔みたいだ。

粤劇ならマカオに住んでいたころに父さんと一緒にいくつも観たし、学校へ通っていた一年のあいだに『唐詩三百首』も読んだからね。唐詩には、一行目、二行目、四行目の最後の漢字で韻を踏む決まり〔脚韻〕があるんだ。三行目以外すべてね。そんなわけで、唐詩の作り方も心得ていたわけさ。韻を踏むってのは、こんな感じよ。

ミン　ミン　ミン　ミン
ワー　ワー　ワー　ワー

まあとにかく、あたしは賢かったからね！　四時間半で脚本を書き上げてしまった。一幕ものの粤劇で、題して『仙女會鋼帥』。仙女、鋼鉄の司令官に出逢う。

筋書はこうさ。人びとが国じゅうの鋼鉄を集めて溶かしている。その火花が空高く舞い上がって、天空の神々の気に触ってしまう。人間たちがいったい何をやっているのか確かめるため、天女が地上へ舞い降りる。そこで凛々しい鋼鉄の司令官に出逢って、ふたりは一緒に踊り始めるというわけ。この脚本を検閲した政府のお役人が、主題は適切であると言って上演を許可したんだ。

なんとその舞台で、主役を務めたんだよ。あたしが地上へ舞い降りる天女の役を、肩幅の広い同僚の女性が凛々しい司令官の役を演じたのさ。ふたりで一緒に職場で稽古をして、近くのお店へ衣装を借りに行ってね。上演日には、子どもたち全員を劇場へ連れていったよ。全員といっても、おまえの母さん以外だけどね、まだ生まれていなかったから。おまえの伯母さんの話では、あのひとスターみたいね、なんて言う声が客席から聞こえてきたそうだよ。

観客は総立ちになって、拍手が長いこと鳴り止まなかった。あたしはお辞儀をして舞台の袖に引っこんで、裏手にある楽屋へ向かった。楽屋の大きなテーブルに墨と筆が置いてあるのを見たら、ふと頭に詩が浮かんできたんだ。あたしの詩、聞いてみたいかい？

鋼鐵火花衝上天
驚動天上眾神仙

引來仙女會鋼帥
雙雙飛舞在人前

鋼鉄の火花天を衝き
天上の神々を驚かし
天女が舞い降り鋼帥と見《まみ》え
皆の前でともに舞いし

テーブル掛けの布一面に、大胆な筆遣いで漢字を書き並べたら、あとから部屋に入ってきた会社の支配人が言ったんだ。この詩を書いたのは誰かね？ じつに見事だ。

同僚たちが一斉にあたしを指差して言った。彼女です！ 彼女です！

支配人がたずねた。きみは学校で文学を学んだのかね？

あたしは答えたよ、いいえ、学校に通ったのは三年生のときだけです！

肝臓と脾臓

父には広東語の好きな諺《ことわざ》があって——たしか書にしたためていたはずだ。よく口にもしていた。四十《しじゅう》まで人は健康を顧みずに金を稼ぐ。しかし四十を過ぎたら、金で健康を取り戻すことはできない、と。

父が病気になったのは、六十一歳のときだ。当時、私はロンドンに住んでいて、大学卒業後に見つけた広告業の仕事に就いていた。ある晩、父が入院したので取り急ぎ香港行きの切符を買った、と母から電話で連絡があった。父は脚と腹部が腫れ上がっていて、肝臓病だという。

どういうこと？　だって父さん、お酒も飲まないのに。

伝統的な漢方医学によれば、肝臓が修復されるのは夜十一時から午前三時なんだって。でも知ってのとおり、父さんはもう何年もまともに眠れていないでしょう。

怒りっぽいのも、働き過ぎるのも、どちらも肝臓に悪いのよ。でも、父さんのことは心配しないで！　心配するのは脾臓に悪いから。

いまとそんなに変わるかな？

小学生のころ、いっとき、夜になって目を閉じるたび、死にかけている両親の姿が目に浮かんできた。こちらに向かって微笑んでいる両親の顔が見える。やがて、広東語のドラマのシーンみたいに、病院で横たわっているふたりの姿が見えてくる。何もかも真っ白で、目が眩むほどまぶしい。どうしよう、これからどうやって生きていけばいいの？　だけど、これまでだって、父さんに会うのは年に二回だけだったじゃない。いまとそんなに変わるかな？　しまいに、私は毛布を頭から引っかぶる――真っ暗闇しか見えなくなるように。

台本

父が入院したと母から電話で連絡を受け、私は仕事の休みを取ることにした。両親のことだから、わざわざロンドンから飛んでくることはない、大事な仕事なのだからこちらのことは心配しないで、などと言うにちがいなかった。けれども、院内着を着た父の姿を想像し、ぱんぱんに腫れ上がった脚やお腹が目に浮かんでくると、祖父が亡くなる前、私だけ一度もお見舞いに行かなかったことが思い出されてならなかった。

さっそく上司に話すと、こう言われた。しばらく休暇を取って帰るといい、お父さんにアイ・ラブ・ユーと言ってあげなさい。

そういえば、父にそんなことを言ったことなど一度もない。そもそも、うちの家族は誰もそんなことは言わないのだ。私はバンクーバーで一緒だった幼なじみの友人たちに、電話で訊いてみることにした。

愛してるって、親に言ったことある？　中国語で言ったことある？

まさか！　あるわけないでしょ？　みんなそう言った。

だが、そのあとも一日じゅう、こんな考えが頭から離れなかった——このままずっと、ついに一度もチャンスがなかったら？

会社から帰宅した私は、ソファーに腰を下ろして窓の外を見た。街灯がちらつくなか、赤色の二階建てバスがシューッと音を立てて停まった。私は汗ばんだ手のひらをぬぐおうとして、携帯を左右の手に持ち替えながら、父が電話に出るのを待った。

父が電話に出ると、私は言った。もうすぐ香港に行くからね。休暇も申請したし、二週間後には発つから。それから、週末の予定や雨の話なんかをした。

やがて、父が言った。もう疲れたから休まないと。

待って！　私は言った。アイ・ラブ・ユー。

サンキュー！　父の声に笑みがにじんでいた。

二週間後、香港行きの飛行機に乗った。夜、家に着くと、父はテレビを観ていて、私はダイニングテーブルに座った。キッチンへ行ってグラスに水を注いで飲み、もう一杯注ぎ足す。そのあとは、母がシャワーを浴びに行くのを待ちながら、父と一緒にニュースを観ているふりをした。そうこうしているうちに、父が腰を上げて寝室に行ってしまい、ベッドに入って灯りを消した。ドアが少し開いていたので、私は首を突っこんだ。

アイ・ラブ・ユー。

返事はなかった。眠っているのかどうかもわからない。私は自分の部屋へ行き、ベッドへうつぶせに倒れこんだ。

数日後、父の腹部がまた膨れ上がってしまい、みんなで病院へ行った。私はすでに休暇を使い果たし、その晩のうちにロンドンへ発たなくてはならなかった。父の様子を見にきた伯父伯母たちが、病室のベッドを囲むように立っている。みんなの前では言いたくなかった。だが空港へ向かう時間が迫ってきて、私は最後にもう一度、父のほうへ向き直った。

アイ・ラブ・ユー。

父はぼんやりとした目で、私を見た。

そのひと月後、父に電話で言った。アイ・ラブ・ユーって言っても、父さんは何も言ってくれないんだもの、なんだかがっかりしちゃった。

おまえはさんざん欧米の教育を受けてきたからな、と父は言った。僕らは中国人だ。気持ちを言葉で表すなんて、べつに重要なことじゃない。この空の下、親は誰もがみな子どもを愛しているのだから。

もういいじゃない、私は心のなかでつぶやいた。親は誰もがみな子どもを愛しているって言ってくれたのに、これ以上何を望むの？

でも、やっぱり聞きたいと思った。それで、台本を作ってみることにした。

〈台本〉

もしもし、父さん。

父の日おめでとう！（たまたま翌日が父の日だった）

我愛你《ンゴー・オイ・ネイ》！（広東語で言う。中国ではテレビドラマのなかでさえ家族にそんなことは言わないから、すごく妙な感じがするだろうけど）。

私のこと愛してる？《ドゥー・ユー・ラブ・ミー》

ちゃんと言ってくれない？（この前の問いに対して、父さんがイエスとしか言ってくれなかった場合）

翌日の仕事中も頭のなかで台本の通しリハーサルをして、夕方、父に電話をかけた。

もしもし、父さん。

やあ。

父の日おめでとう！

ありがとう！

我愛你！

アイ・ラブ・ユー・トゥー。父が英語で言った。

サンキュー！　私はそそくさと電話を切った。

翌朝、笑いながら目が覚めた。

母親たち

まったく欧米人ときたら、と電話の向こうで母が言った。なんでもかんでも愛《ラブ》って言葉を使うんだから。ハローみたいに口にするよね。

こちらが黙っていると、母が続けて言った。

私に対して苛ついてるんでしょうけど、まあそういうものよ。私もついおばあちゃんのことで苛々してしまうもの。おばあちゃんだって、自分の母親に対してしょっちゅう苛々してたからね。親子で順繰りに、そうなってしまうのかもね。

母が言うには

美人だったのよ、あなたのひいおばあちゃん。若いころはもっと鼻筋がすっとして、目もぱっちりしていて。

だけど、あんなものを飲んでいたからね。私も昔、買いに行かされたことがあるのよ。うさん臭い薬局へ行って、咳止めシロップくださいって言うと、店員が奥の隠し部屋から持ってくるの。当時はまだ子どもだったから、なんなのかわからなかったけど、アルコールじゃなかった。透明な液体がプラスチックのボトルに入っていて、ボトルから直接飲むの。ひいおばあちゃんは四六時中、そのボトルで飲んでた。

うちは長年、古いアパートで大所帯で暮らしていたの。あなたも小さいころは、そこに住んでいたのよ。あるとき、ひいおばちゃんが友だちと麻雀に出かけたんだけど、家の鍵を持っていくのを忘れちゃったのよ。それで誰かに電話したら、その人がまた誰かに電話して、とうとう私のところに電話がかかってきたわけ。私はまだ職場にいて仕事が山ほどあったから、なかなか帰れなかったんだけど。ひいおばあちゃん、ロビーに座って震えてたわ。それで気づいたのよ、あのボトルが欲しいんだって。

ひいおばあちゃんが亡くなったとき、私は職場にいたの。病院で最期を看取ったのは、あなたの伯母さんひとりだけだった。ちょうどそのころ、おばあちゃんは別の病院で手術を受けたばかりで、まだ入院中だったのよ。母親が亡くなったのに誰も知らせくれないなんてって、おばあちゃんは激怒していたけど。

だけど、手術を受けたばかりだったんだし、仕方がなかったじゃない？

十五歳

祖母から聞いた話では、母親の取り決めで祖父とお見合いをしたのは、わずか十五のときだったという。相手は十二も年上で、長身痩躯。黒髪をオールバックになでつけて、ハーフリムの色付き眼鏡をかけた仕立て屋《テーラー》。ふたりは何度か一緒に映画を観て、ディナーをともにした。

初めて会ったとき、おじいちゃんのことどう思った？　私はたずねた。

べつに、と祖母は言った。とくになんとも思わなかったね。

結婚したいと思った？

まだほんの子どもだったからね。母親の言うとおりにしたまでさ、食べていくためにね。

結婚したときって、どんな感じだったの？

結婚はしなかったんだよ。おじいちゃんは十九のとき、結婚させられるのが嫌で逃げるように香港へやってきたんだ。だけど、父親の死に際に故郷の上海へ戻ったら、待ち構えていた親族に結婚式を挙げさせられたんだよ。あたしと出会ったのは、奥さんと子どもたちを上海に置き去りにして、家を出たあとだったのさ。あたしが初めて出産したのは十七のときだった。三十のときには、もう六人の子持ちになっていたよ。

おばあちゃん曰く

おまえの母さんは、最後に産んだ子だ。当時、あたしは杭州で五人の子どもの世話に追われていて、おじいちゃんは香港で働いていた。妊娠して血管が太くなって、お腹もすっかり大きくなったころ、お医者さんに言われたんだよ。このつぎにまた出産したら、血管が破裂します。これ以上はいけません！

だったら、出産がすんだらすぐにでも卵管を縛ってもらいたい、とあたしは言ったんだ。そしたら先生が、危険な手術なのに怖くないんですか？　誰が承諾書にサインをするんです？　なんて言うんだ。それで、ばあさんにサインしてもらったんだけど。

あいにく一九五九年のことで、ソ連と中国の関係が悪化して、中国は借款の返済を迫られていた。病院の備品や薬剤も不足していたんだ。あたしは〇・五CCの麻酔を打たれて、開腹手術を受けることになった。

真上には巨大な明るい照明。たった〇・五CCの麻酔……。光の反射で先生たちの手元が映し出されて、何をやっているのか見えてしまったんだ。

痛みはそれほどでもなかったけど、つんと鼻をつく臭いがすごいんだよ。先生がふたりの学生を指導しながら、卵管を取り出して結紮《けっさつ》していくんだ。まず左の卵管を取り出して、つぎに右の卵管を取り出して、最後に両方とも端のほうを縛ってしまうんだよ。

とにかく鼻がつんとした。まるで泳いだあとみたいに、汗でびしょ濡れになったよ。あの日以来、ひどい汗かきになってしまったんだ。

それから数年後のこと、もう香港へ引っ越したあとで、あたしは五十代になっていたけど、生理がきたと思ったら九日間も続いたんだ。ふだんはたった三日間なのに。血量は多くはないんだけど、だらだらと続くんだよ。それで念のため、クイーン・エリザベス病院に行って医者に診てもらったんだ。そしたらなんと閉経だったんだけど、まさかそんなこととは思わなかったから。ともかく、がんとか腫瘍とかではなかったんだ。

でも先生が、この際、取ってしまいましょうかって言うもんだから。

そんなわけで子宮を摘出して、卵管も取ってしまったんだよ。

この手術をしたら、死ぬまで毎日ホルモン剤を飲む必要があるんだけど、ほんの一、二回飲んだだけで喉が少しひりひりしたものだから、飲むのをやめたんだ。ホルモン剤の摂取は乳がんを引き起こすって、聞いたこともあったしね。それで飲むのをやめて、以来、二度と飲まなかった。

そんなわけで、しょっちゅう汗をかいてるのさ。温かいお茶を一杯飲んだだけで、汗が出ることもあるからね。食料品の買い物に行くときは、背中にタオルを一枚入れておくんだけど、すぐにびっしょり濡れちゃうの。途中で家に引き返して着替えることもあるんだよ。どうせ着替えたって、またすぐに汗をかいちゃうんだけどね。

替えのタオル

出かけるとき、祖母はいつも替えのタオルとビニール袋をバッグに入れていく。モールやレストランのトイレに入ると、祖母はシャツの背中をまくりあげ、びしょ濡れのタオルを取り出し、折りたたんでビニール袋に入れる。それから替えのタオルを引っぱりだして、ブラの紐にタオルの両端をはさみこんでから、シャツをきちんと下ろす。

睡眠薬

父さんに睡眠薬が半錠処方されたんだけどね、と母が電話で言った。

どうせ飲まなかったんでしょ？　と私。

父さんが自分から頼んだのよ。ずっと眠れないんですって先生に訴えたの。どうにかしてくださいって。

でも、眠れないのはもう数年来のことだよね。父さんは睡眠薬には頼りたくないのかと思ってたけど。

私もそう思ってた。

じゃあ、この二か月は睡眠薬を飲んでいたの？

いいえ。半錠飲んでも二時間しか眠れなくて、また目が覚めちゃうのよ。それで数日後、一錠丸ごと処方してくれるように、父さんが先生に頼んだの。そうしたらこんどは突然、わけのわからないうわごとを言い始めたのよ。看護師さんの話では、おそらく肝臓が代謝できないのだろうって。ある晩、父さんが睡眠薬をくれって言うから、さっきあげたでしょうって言ってみたの。そうしたら、すぐに寝ちゃった。

それから、どうなったの？

父さんの目が覚めてしまったときは、足のマッサージをしてあげることにしたの。マッサージをすると、すぐに寝つけるようだから。

でも、真夜中に目が覚めたらどうするの？

毎晩、午後十一時から午前二時まで足のマッサージをしているから。肝臓が修復されるのは、その時間帯だからね。そのあと、私も寝ることにしてる。

毎晩、三時間も足のマッサージをしてあげてるの？

だって、ほかに何ができるの？　だけど、看護師さんたちが何やら不審に思い始めたらしくて、このあいだ先生に訊かれたのよ。睡眠薬は効いていますか？って。

先生になんて言ったの？

毎晩、足のマッサージをしているせいか、このところ睡眠薬なしでも眠れていますって言ったの。そうしたらあるとき、看護師さんが真夜中に突然、部屋に入ってきたのよ。たぶん、私の言ったことが本当かどうか確かめるために、先生が寄こしたんでしょうね。ちょうどそのとき、マッサージをしていたからよかったけど。

それにしても母さんたら、父さんのために毎晩三時間もマッサージをしてるなんて、信じられない！　自分の健康にも気をつけないと。

心配しないで。何もこれが永遠に続くわけじゃないんだから。父さんの具合がよくなったら、ゆっくり寝る時間なんていくらでもあるもの。

シンプルな暮らし

一週間後、私も香港へ飛んだ。空港に着陸したとき、空は真っ白に曇っていた。空港からタクシーに乗って病院へ直行すると、父はベッドで目を覚ましていた。

病気が治ったら、と父が言う。退職しようと思ってるんだ。母さんをゆっくり旅行に連れていってやりたい。

どこへ行きたいの？

あちこち行きたいね。どこだってかまわないよ。

いちばん最初に行きたいのはどこ？

ギリシャかな。病気がよくなったら、シンプルな暮らしがしたいよ。ピザも食べてみたいな。

ポパイ

昔よく、父さんとふたりで「ポパイ」という遊びをした。部屋の端と端に立って、ベージュの絨毯をはさんで向かい合う。それから互いに相手に向かってダッシュして、取っ組み合うのだ。あれは父さんがポパイってことだったんだろう。だって、私をひょいと抱き上げて振り回し、缶詰のホウレンソウを口に流しこんでいるふりをしていたから。私はゲラゲラ笑いながら、足を宙でばたつかせた。どこが面白かったのかわからないけど、あれがいちばん好きな遊びだった。

とっても男前

散髪とひげ剃りをしてほしい、と父が伯父に頼んだ。

そこで、伯父がハサミとカミソリを持って病院へやってきた。私たちは父を椅子に座らせ、白いタオルを何枚か肩にかけた。

いつもきれいにひげを剃っていた父が、いまや一面、無精ひげを生やしていて、あごのあちこちから針金みたいなひげが一センチほど伸びていた。髪はべたついていて、後ろになでつけられている。肌は黄色っぽくなっていた。

まず、うなじの毛を切りそろえる。伯父はぐっと前かがみになり、目を細めてチェックしたかと思うと、こんどは身体をぐっと後ろに引いて、もう少し刈りこんだ。

散髪とひげ剃りがすむと、私たちは父の肩からタオルを外し、細かい毛をはたき落とした。

ほら、男前になったでしょ？　ちょうどそのとき部屋に入ってきた看護師さんに向かって、母が言った。

とっても男前！　と看護師さん。

父は歯を見せて笑った。

あんなにうれしそうな父を見たのは、何日ぶりだったろう。

髪

私が物心ついたときから、父はいつもきちんと髪を整えていた。朝晩、櫛で髪をとかし、シャワーのあとは育毛オイルで頭皮をマッサージする。髪を乾かすときは、小さな円を描くようにドライヤーの風を当てる。エレベーターに乗ったり、ぴかぴかの窓のそばを通りかかったりすると、父は自分の横顔をチェックして、いつも髪がはねてしまう頭の後ろの部分をそっとなでつけるのだった。

ある日、病室のベッドのわきに座っていた私は、髪をきれいにしてあげようか、とたずねた。

いや、いいよ、父は言った。

そうなの？　きっと眠りやすくなると思うけど、と私。

じゃあ、頼もうか。

さっそくココナッツオイルを取り出す。母がガラスのポンプボトルに移し替えておいたものだ。私はポンプを二回押して手のひらにオイルを出してから、ベッドと後ろの壁の隙間に入りこんだ。片手で父の眼鏡を外し、両手のひらをこすり合わせてオイルを温める。ふと、父の白目が黄色っぽくなっているのに気づく。

額の髪の生え際に両方の親指を置き、こめかみへ向かってやさしく押していく。同じことを側頭部にかけても繰り返し行う。つぎに、二本の指でくるくると小さな円を描きながら、両耳の後ろを押していく。少し置いてから、こんどは小さなボウルにお湯を入れてコットンを数枚浸し、頭をなでるようにオイルを拭き取っていく。頭皮は青白く、抜け毛がごっそりとコットンに付いてきた。ドライヤーを取り出して、熱くないように動かしながら髪を乾かしていく。仕上げに木の櫛で分け目をつくり、両サイドへ向けて髪をとかした。

三人の女性

僕の人生には、恩がある女性が三人いるな、と父が言った。僕のお母さんと姉さん、それおまえの母さん。

恩があるって、どうして？　私は病室のベッドのわきに座っていた。

三人とも本当によくしてくれたからさ。こんな癇癪持ちだっていうのに。

癇癪持ちの人なんて、いくらでもいるけど。

そんなことはないさ、父はそう言って言葉を続けた。子どものころ、僕はひどく痩せっぽちだった。夜になると身体が冷え切って眠れないんだよ。姉さんと一緒のベッドで寝ていたんだけど、僕が寒がっていると姉さんは必ず気づくんだ。すると姉さんは、僕の身体に太腿を巻きつけてくれる。僕が温まって眠りにつくまで、ずっとそうしてくれるんだ。姉さんは耳も聞こえず、口も利けないっていうのに！
それなのに。

父は首を振って、顔を背けた。

魚

父が最初に大きな教訓を学んだのは、六歳のときだという。

僕は釣りがとてもうまかった。九人の兄弟姉妹のなかでいちばん得意だったんだ。ある日、僕は六番目の兄さんから、夕飯用に大きな魚を釣ってくるように頼まれた。任せてよ、と僕は言った。隣の家の太っちょの双子たちにも声をかけて、一緒に行ったんだ。僕が大きな魚を釣り上げるところを見せつけてやろうと思ってさ。

みんなで波止場まで歩いていった。やがてほどなく、双子の片方が水中から大きな魚を釣り上げたんだ。目の前で、僕のすぐ足元に魚がどさっと落ちてきた。そのあとは一匹も釣れなかった。

家に帰って、六番目の兄さんに話した。

そうかい、と兄さんは言った。おまえのことは、もう二度と当てにしないからな。

あれが僕にとって最初の大きな教訓だった。

休暇《バケーション》

私は父のアパートメントに帰って寝たが、母は毎晩病院に泊まりこんでいた。ついに見かねた伯母が、母が家に帰って休めるように、二、三日泊まりこみで面倒をみると申し出てくれた。

ある夜、伯母は父の叫び声で目が覚めた。

さあ、起きて！　父が言った。

どうしたの？

みんなで出かけるぞ。荷造りをするんだ！

なんですって？　どこへ行くっていうの？

クルーズに行くんだよ！

ハッピーな映画

父さん、すごく退屈してるんじゃないかな。ある晩、病院を出る前、母に声をかけた。明日、ノートパソコンで映画でも観せてあげようかな。

それならハッピーな映画を選んでちょうだいね、と母が言った。知ってのとおり、悲しい映画や怖い映画を観ると、父さん眠れなくなっちゃうから。何年も前にあなたのいとこがうちに泊まった晩のことだって、いまだにぶつぶつ言ってるの。あの晩、真夜中に喉が渇いた父さんが階下《した》へお水を飲みに行ったとき、廊下の曲がり角でふと振り向いたら、白いヘアバンドをして白い保湿パックを顔に貼りつけたあの子が、ぬっと現れたのよね。父さん、あれから何日も眠れなかったんだから。

父さんの父親

ある日、私は父さんの父親のことを何ひとつ知らないことに気づいた。写真すら見たことがない。病室の窓辺の椅子に腰かけた父は、目を閉じたまま、四角形の黄色の陽だまりのなかで佇んでいた。

父さんのお父さんって、どんな人だったの？　私はたずねた。

ほとんど家にいなかったね、と父が言った。

どんな仕事をしてたの？

芸術家だったんだ。とても才能のある人でね。まるで写真のような絵を描いたし、写真撮影もした。書の腕前もそれは見事だったよ。だけど酒飲みで、酔っ払うと癇癪を起こすんだ。たまにふらりと飯を食いに帰ってきては、盃を重ねていた。

お父さんがほとんど家にいなかったなんて、きっとつらかったよね。
当時はみんな、そんなことを考える暇もなかったよ。

朝

翌朝、病院に行くと、ベッドのなかの父はすっかり目覚めた顔で、銀縁の眼鏡越しにまっすぐ前を見つめていた。母はベッドわきの椅子で眠りに落ちていた。

音楽でも聴く？　私は声をかけた。

そうだな。

私はスマホの画面をスクロールして、あるアルバムを選んだ。

セロニアス・モンクっていうジャズ・ピアニストの曲だよ。

そう言って、父の枕元の小さいスピーカーをオンにした。

このアルバムは『アローン・イン・サンフランシスコ』っていうの。

ほどなくして、毛布の端から覗いている父の両足が左右に揺れ始めた。無表情のまま、窓の外をじっと見つめている。

外では、煙るような霧雨が降っている。

目を閉じて、想像してみる。ピアノの音色の一つひとつはフルーツ味のキャンディー。スピーカーからこぼれ出て、ふわふわと部屋じゅうを漂っていく――チェリーレッド、アップルグリーン、ベリーブルー、レモンイエロー――弾んだり浮かんだりしながら、ときおり陽の光を浴びて煌めいて、やがて落ちていく、つぎつぎに床へ落ちていく、さらさらと音を立てながら、朝の明るい光のなかで。

母さんも言って！

妹は大学の試験が終わるとすぐ、飛行機で香港へ駆けつけた。

妹が病院に到着し、看護師たちが病室から出ていくなり、父は私たちにベッドの右側へ来るよう手招きした。

ふたりとも、こっちに来なさい。

母には左側へ来るよう手招きして言った。きみはこっちへ来て。

父はサイドテーブルに手を伸ばし、親指と人差し指で銀縁眼鏡を取り上げた。そして眼鏡をかけ、じっと壁を見つめた。

やがて、私と妹のほうを向いた。

アイ・ラブ・ユー、父さんが私に言った。

アイ・ラブ・ユー、妹に言った。

妹と私は思わず顔を見合わせ、父さんのほうを向いた。

私たちも、大好き《ウィー・ラブ・ユー・トゥー》！

それから父は、母のほうを向いた。

愛してるよ《アイ・ラブ・ユー》、母に言った。

妹と私は目を瞠り、母のほうに向き直った。

母は足元に目を落としたまま、突っ立っている。そのうち、くすくす笑いだした。

母さん！　私が言った。

母さんも言って！　妹が言った。

ふたりですがるように見つめても、まだくすくす笑っている。

やがて、母が言った。おならしちゃった！

そのあと、母と妹と三人で病院の近くのレストランへ昼食に出かけた。信号待ちのあいだに、私は母のほうを向いて言った。父さんに愛してるよ《アイ・ラブ・ユー》って言われたの、初めて？

信号が青になって、母が歩きだした。その顔に笑みが浮かんだ気がした。

両親のなれそめ

もう何年も前から、妹と私は両親が一緒になったいきさつを聞き出そうとしていた。あるときなど妹は、ティラノサウルスみたいに前のめりになって一日じゅう母を追い回し、両手の人差し指で母の背中を突きながら、私たちに教えてよ！　どうして教えてくれないの？　などとはやしたてたほどだ。それでも、母はただ肩をすくめて微笑むだけだった。

私が知っているのは、母が高校卒業後、ある文具メーカーで経理の事務員として二年間働いていたこと。やがて、もっと給料の高い仕事を見つけようと決心した母は、新聞を買って家に帰り、求人欄を隈なくチェックして応募書類を何通も郵送した。そのなかで真っ先に返事をくれたのが、父の働いていた会社だった。

母が言うには

私は子どもを持たないほうがいいって言われてたの。二十一歳のとき、右の肺が破れてしまって。最初に診てもらった医師には手術が必要だと言われたけれど、二番目の医師は注射が必要だと言うの。それなら注射にしようと思って、毎日、仕事のあとに観塘《クントン》のオフィスから中環《セントラル》のクリニックへ通った。ありがたいことに、そのころには香港にも地下鉄が通っていたから。

看護師の腕前にはばらつきがあってね。注射のうまい人は最初の一発で決めるけど、手こずって何度もやり直す人もいるの。ある看護師なんて、ひじへの注射がうまくいかないからって、手の甲に注射針を刺したのよ。そのとたん、電気ショックみたいな激痛が走って、看護師が慌てて針を抜いたんだけど。そしたら別の看護師が、さっきの看護師は目が悪いんです、なんて言うのよ。あのころの私は、声を上げるってことを知らなかった。この看護師さんに注射を任せるのは嫌ですって、言えばよかったのに。ともかくそんな調子だったから、注射は予定の二十五回どころじゃすまなかった。ようやく終わったときには、心底ほっとしたものよ。

ところが一年後、こんどは左の肺が破れたの。会社にいたとき、身体の左側で何かがぽんって破裂するような感じがして。息をするたびに、空気が引っかかるような感覚があった。立っているときはそれほど痛くなかったのに、家に帰ってベッドで横になったとたん、息を吸うたびに、気管に切り傷みたいな痛みが走ったの。しかもどういうわけか、咳が止まらなくなってしまって。それで仕方なく、また例のクリニックにかかって注射をやり直す羽目になったのよ。

結局、肺は三回も破れて――右、左、また右――医者にこう言われたの。将来、結婚しても、子どもは持たないことですね。もし妊娠中に突然、肺が破れるようなことがあったら非常に危険ですから。それでも、どうしても子どもが欲しいなら、帝王切開をするしかありません。ただし、産めるのはひとりだけです。

四回目に肺が破れたときには、もうその医師はオーストラリアに移住していたから、新たに肺の専門医を探したんだけど、X線検査の結果、その先生から薬を処方されたの。

注射はどうするんですか？って私はたずねた。

そしたら先生が、注射？　この症状に効く注射はありません。お薬を飲めばよくなりますって。

その薬を飲んだら、よくなったのよ。以前あんなに何度も注射を打たれたのは、いったいなんだったんだろうって思ったわ。

ある晩、親戚が大勢集まって夕食をしたとき、あなたの伯母さんが、中国本土から香港に移住してきたばかりの漢方の名医がいるって教えてくれたの。それで、その漢方医に診てもらって、私の肺の状態では子どもは持てないというのは本当でしょうか、と訊いてみたのよ。そしたらその先生は、この漢方薬をきちんと飲めば問題ないでしょう、と言ってくれた。

ちょうどそのころ父さんから、体調が悪いと聞いていたの。仕事中、午後二時ごろになると疲労感に襲われて、身体を動かすのもしんどいくらいだって。それで父さんを説得して、その漢方医のところへ連れていったのよ。先生は、父さんの脈を診てこう言った。毎日、午後二時ごろになると、ひどく疲れるでしょう。肝臓が三ミリ以上も腫れ上がっているせいですよ。

それから毎週日曜日、ふたりでその漢方医に通った。そして、一年後に結婚したの。

じつはね、一九八五年に占い師に見てもらったのよ。あなたが生まれたときに、名付けてもらった人。当時、とても有名だったの。その占い師がこう言ったのよ。あなたのいまの彼氏はじつに好青年だね。酒も、タバコも、ギャンブルもやらないでしょ。あなたの鼻の形でわかるんだよ、って。

ほかにも以前、付き合った人はいるかと訊かれたから、はい、と答えたら、こう言われた。それはよかった、さもなければ、いまの彼氏とはいずれ別れることになるから。でもすでに別れた人がいるなら、こんどの彼氏が運命の相手だよ。来年こそふさわしい年だ。来年、結婚しなさい。

そして、こう言われた。あなたは三人の娘とふたりの息子に恵まれる。全員産むかどうかは、あなた次第だ。

グリーンのカーテン

みんな病室にいて、母と妹と私は病院の Wi-Fi でメールをチェックしていた。父はベッドで横になっていた。

あら、どうかした？　母が声をかけた。何か要る？

目を上げると、父が枕のわきをごそごそと手探りしている。

看護師さんを呼びましょうか？　母が訊いた。

父はこんがらがったチューブやコードをいじっていたかと思うと、黒い長方形の呼び出しベルをつかみ、親指で赤いボタンを押した。

すぐに看護師がやってきて、どうかしましたか、とたずねた。

父は一瞬、看護師と目を合わせたがすぐに視線をそらし、目の前の壁を見つめた。

どうしましょうか？　看護師が訊いた。

私は母のほうを見た。母にはわかっているんだろうか？

そのうち、また別の看護師がやってきた。

どうしたんですか？

わからないんです、と最初の看護師が言った。

うんちしたのかな？

うんちしました？

そうでしょ？

きっとそうですね。

見てみましょうか。

看護師さんたちが歩み出て、ベッド周りの淡いグリーンのカーテンをさっと引くと、銀色のフックがカチャカチャと音を立てた。

どんな具合か見てみましょうね、と片方の看護師が言った。

離れて座っていた私には、カーテンの小さな隙間から、父が目をつぶって横向きにされ、ズボンを下ろされるのが見えた。

好きな色

母がいったん帰宅してシャワーを浴びてくるあいだ、妹とふたりで父を見ているように頼まれた。病室のベッドの左右に腰かけた私たちは、両ひじをベッドの柵にかけ、手のひらにあごを乗せていた。

父さん、これからクイズをするね、と私は言った。第一問です、もしどちらかを選ぶとしたら、ほめ言葉とハグとどっちがいい?

そんなクイズ、興味ないな、と父。目を閉じて眠るふりをしている。

ねえ、父さんのいちばん好きな色って何色?　しばらくして、妹がたずねた。

茶色。目をつぶったまま父が答えた。

妹と私は顔を見合わせ、眉をつり上げた。

あとで妹が言った。いちばん好きな色が茶色なんて人、いる？

スペイン料理店

ひとつ提案があるんだ、と父が言う。おまえたちが賛成するかどうかわからないけど。

何それ？　と私。

まずは身体を起こしてくれ。

ベッドの角度は七十度がお気に入りよと、母。

私はベッド周りのいろいろなボタンを見回す。

え、でもどうやって七十度かどうか確かめるの？

スマホの水平器アプリを使うの。

私は自分のスマホで水平器アプリを見つけ、ベッドの角度を七十度に調整した。

これでどう？

いいよ、と父が言う。じつは、病院のほど近くに有名なスペイン料理店があるそうなんだよ。高級店で、著名人もよく来るらしい。今晩、母さんたちをその店に連れていってくれないか。

じゃあ、電話して予約するね。

いや、予約はしないでほしい。

なんで？　事前に電話しておいたほうが便利じゃない。

いや、おまえが飛びこみで席を取れるかどうか、試してみたいんだ。

どういう意味？

こういうのは、どれだけ堂々と振る舞えるかにかかっている。おそらく英語で話さなくちゃいけないだろうしな。

父は母のほうを向いた。

この子の交渉力がどれほどのものか、試してみたいんだよ。父はそう言って、含み笑いをした。

私は父を見て、母を見て、また父に視線を戻した。本気で言ってるの？　ぼさぼさに乱れた父の髪を見つめる。それから、くるりと輪を描いて鼻の穴に入っている酸素吸入の細いチューブや、点滴の淡い黄色のアルブミン液に目をやる。どうかしちゃったの？　いまのはうわごと？　なんでこんなときに人を試そうとなんかするわけ？　いっそのこと、部屋から出ていってしまいたい。

この子はあと数日しかこちらにいられないのよ、と母が言った。そのスペイン料理店には、また別の機会に行けばいいじゃない？

話がある

ロンドンに戻る前日、父が言った。ちょっと話があるんだ。

なんですか、と母が訊いた。

いや、きみはいいから、ちょっと席を外してくれないかな。父はそう言って、私にそばに座るよう手招きした。

私はベッドの隣に腰を下ろした。

以前からずっと考えていたことなんだがね、と父が言った。どうしてもわからないんだ。

なんのこと？　私はたずねた。

握り合わせた父の手に目をやれば、黄色っぽい紙のような皮膚が骨に張りついている。

子どものころから、おまえはずっとそんな調子だった。会えば楽しそうに振る舞っているけど、おまえの目を見れば、うわべだけだとわかる。僕に何かたずねてくるときだって、おまえの声音を聞けば、ただのご機嫌取りだと気づいてしまう。ずっと考えてるんだよ、いったい僕の何がいけなかったんだろう、って。

父親たち

戦後、自分の父親に会ったことがあるかどうか、祖母にたずねてみた。

最後に会ったのは一九六二年だね、と祖母は言った。父さんが人づてにあたしの消息を聞いて、香港での居所を探し当てたんだ。

どんなことを話したの?

なんにも。とくになんにも話さなかったね。父さんにはそれきり、二度と会うことはなかった。ひょっとしたら、まだ生きてるんじゃないかって思うことがあるんだよ。こっちのほうが、じきに九十になるっていうのにね。

ＩＣＵ

香港では肝臓移植を希望する待機者が多いため、杭州の病院に移ってはどうかと医師に勧められた。そのほうが早く移植手術を受けられるかもしれないというのだ。数か月後に両親が杭州へ飛ぶと、私もさっそく杭州行きのフライトを予約して、現地へ向かうことにした。

ところが、父は到着後まもなく意識不明になり、ＩＣＵ（集中治療室）に入れられた。おそらく飛行中の気圧が影響したのではないかということだった。

ＩＣＵの面会時間は午後二時から三時の一時間のみ。それを聞いて私はほっとした。そうでもないかぎり、母は夜も寝ないだろうから。

空港からホテルへ向かうタクシーのなか、私は窓を開けたままにして、高速道路から吹きこんでくる風を浴びた。どんよりと曇った灰色の空の下、道路沿いのあざやかなピンクのバラが縞模様を描いて流れ去っていく。半年間の留学以来、杭州には一度も訪れていなかった。まさか六年後、入院した父のもとへ駆けつけるためにこの街を再び訪れることになろうとは、思ってもみなかった。

面会時間の十五分前に病院に着き、母と一緒にICUの入口のドアの前で待った。ほかにも何家族か、待っている人たちがいた。二時きっかりに看護師がドアのロックを解除して顔を覗かせると、みな一斉に駆け寄った。面会の家族たちが通路にずらりと並び、ビニールの予防衣にヘアキャップ、ビニール手袋を身に着け、靴にもビニールカバーをかぶせた。どれも淡い水色だ。

母と一緒に入口の真向かいにある病室へ向かった。

父は窓際のベッドに横たわっていた。看護師がそばに立っていて、クリップボードの上で何かを書きつけている。もうひとつのベッドは空っぽで、使われた形跡がない。いつシーツを替えたのだろう、ふとそんなことを思った。

父は何日も意識のない状態が続いていた。以前よりやせ細って、胎児のように身体を丸めている。

父さん、来たよ、って呼びかけて。母が言った。

父さん、来たよ。

ちゃんと聞こえるように、もっと大きな声で言わないと。母はそう言って前にかがみ、父の顔に身を寄せた。

私たち、ここにいますよ。そばにいますよ！　合図して！　聞こえているなら、合図して！

私は傍らに立って、うなずいたり、父の手を軽く叩いたりした。

呼びかけて意識を戻すのよ。大声で呼ばないと。

ここにいるよ、父さん！　そばにいるよ！

あなた、聞こえた？　そばにいますよ！

ふたりで代わる代わる身をかがめて大声で呼び続けたが、看護師が部屋から出ていったとたん、母がドアのほうをちらりと見た。そして、ポケットから小さなガラスのスプレー瓶を取り出した。

お寺で汲んできたの。

母は何かをつぶやきながら、部屋じゅう、あちこちへ向けてスプレーの水をまき散らすと、こんどはコットン球《だま》にスプレーの水を含ませ、父の額にそっと押し当てた。

お寺で汲んできたのよ、母がささやいた。

父が目を覚ますのをじっと待つ。

やがて、三時になった。

そのあと、母と歩いて西湖のほとりのレストランへ夕食に行った。母がメニューに目もくれないので、私が魚の澄ましスープと蒸し豆腐、それに桂花茶を大きなポットで注文した。料理を待っているあいだ、母は窓の外の枝垂れ柳を見つめたまま、ひと言も口を利かない。どうかしたの、と私は訊いた。

まずいことをしちゃった。

どうしたの？

さっき風水師と話したら、無意識のときに、無理やり呼び戻そうとしてはいけないんだって。大声で呼びかけちゃいけないんだって。もう何度もやってしまったけど。あんなことしちゃいけなかったのよ。

しょうがないよ。だって、知らなかったんだもの。

母は首を振って、目を閉じた。

ここ

翌日、父の意識が戻ったと看護師から連絡があった。母と私、そして午前中に到着した妹と伯父も一緒に、ＩＣＵに入室した。みんなでふんわりした淡い水色の予防衣を身に着け、看護師のあとについて、きのうとは別の廊下を歩いていった。父が横になっていた――まぶしいほどの陽光が部屋に射している――父が鋭い視線を走らせて私たちの顔を見た。口を開けて呼吸器をくわえたまま、頭を左右に振っている。

何か言いたいことがありそうだった。私は紙に五十音*を書き並べ、私が正しい文字を指で差したらまばたきしてね、と父に言った。さっそく二文字試してみたが、父は首を左右に振って足を蹴り上げた。やがて、父が人差し指でベッドの上に漢字を書き始めた。母と伯父がなんの字か当てようとしたが、さっぱりわからない。私にもわかるようにひらがな**で書いて、と父に頼んだ。

みんなでベッドを囲んで前かがみになり、父が人差し指でマットレスに一文字ずつ書いていくのを見守る。

父が最初の文字を書いた。

こ？

首を横に振る。

し？

また首を振る。

り？

人差し指でベッドに書き続ける。

*、** 原文ではアルファベット。

ようやく、「い」だとわかった。

父はおもむろに目を閉じ、ひと息ついた。

「い」なんだ！　最初の字は「い」だって！

私は賞でも獲得したような気分だった。

みんなでまた前かがみになって、父の指の動きを見つめる。

お？

いや、「お」じゃないね。

か？

か。「か」だと思う。

な？

く？

い・か・な・く！　妹と同時に叫んだ。いかなく、のあとは？　父さん、そのあとは？

ここまで書いただけで、父は疲れ切ってしまったようだ。十分くらいかかったのに、まだこれしかわかっていない。

それでも父は書き続けた。

つぎの文字はなかなかわからなかったが、「て」かな、と私たちが言うと、父がゆっくりと目を閉じた。

つぎは、「は」。

ては？　妹と顔を見合わせた瞬間、涙がどっとあふれた。

やだよ、父さん。だめだよ！　逝《い》かないで！　きっとよくなるから！

どこへ行《い》くっていうの？　母さんが訊いた。

なんであんなに落ち着いていられるのか、わけがわからない。

妹がベッドの反対側の柵の上にくずおれた。何もかも涙で曇ってよく見えない。

父は書き続ける。

い

か

な

く

て

は

これからたくさん旅行に行くんでしょ、と母が言う。旅行に連れていってくれるって、約束したじゃない。まだ一度も行ってないよ。

も
う
い　か
な
く
て
は

父がまた一文字ずつ、同じことを書いた。

父さんお願い、逝かないでよ、妹が言う。お願い。

い

か

く

な

て

は

あきらめないで父さん、みんなで言う。逝かないで。
父が首を左右に振って、足を蹴り上げる。

あ

き

ら

る

め

も

の

か

みんな手を叩いて歓声を上げる。

そうだよ父さん、あきらめないで！

な

ん

で

て

た

た

く

も
う
か
え
り
た
い

ほ

ん

こ

ん

に

えっ、香港に帰りたいの？

そ

う

も

う

い

か

な

く

て

は

香港に帰りたいなら、まずはよくならなくちゃ、と母が言う。よくなって移植がすんだら帰りましょう。

も

う

か

え

り

た

い

こ

こ

は

と

ん

で

も

な

く

お

ぞ

ま

し

い

妹と顔を見合わせる。

なんでふつうに「ひどい」って書かないんだろ？　と妹。

ふたりで笑いだしたら止まらなくなってしまった。

午前四時

その日の午後、面会時間が過ぎたころ、母が父に声をかけた。家に帰って休んで、また明日の朝来ますからね。父は首を横に振り、足を蹴り上げた。母をにらみつけ、呼吸器をくわえた口元にぐっと力を入れている。じつは、以前から隣の病室では面会時間を過ぎても家族が居残っているのに気づいた私たちは、どうやって居残りを許してもらったのかたずねてみた。すると、静かにしていれば、看護師さんたちも見逃してくれるという。そんなわけで母は木のスツールに腰かけて、ひと晩じゅう付き添っていたのだ。

それで翌日は、母が帰宅してシャワーを浴び、ベッドでちゃんと眠れるように、妹と私が泊まりこむことにした。じゃあ、行きますね、と母が声をかけると、父は母が部屋から出ていってしまうまで、首を横に振り続けた。淡い水色のヘアキャップと予防衣に身を包んだ私たちは、ベッドの両側に分かれて座ったまま、足元を見つめていた。

杭州の夏のことで、どこにも冷房がなかった。

室内の仄暗い光がやがて茜色を帯び、青灰色へと移ろって、影がゆっくりと顔の上を横切っていくなか、私たちは黙って座っていた。

外が真っ暗になったころ、妹がちらりと私を見たかと思うと、おもむろに二重あごを作って、にやりと笑ってみせた。ひょっとしたら監視カメラがあるかもしれないから、私は天井の四隅をチェックした。こちらもお返しに鼻の穴をぐっと広げ、両耳のそばで指をひらひらさせた。こんどは、ふたりともさっとかがんでベッドの柵の下に顔を隠し、毎回ちがう変顔をつくって飛び上がる。ふざけたダンスを真似し合ったり、肩を組んだり、ベッドのまわりで筋トレのランジをしたり……。

ふと見れば、靴カバーの内側に水滴がいくつも付いていた。

午前四時ごろには、妹は眠っていた。長方形の木のスツールを並べて、間に合わせのベッドをこしらえたのだ。

ときおり父が目を覚まし、かっと両目を見開いて、頭を左右に振る。そういうときは悪霊が父さんを連れていこうとしているのだと、と母が言っていた。

私は隣に座って、父の表情を見守りながら手を握る。父が目を覚まし、目を大きく見開いて身震いすると、私は立ち上がり、父に覆いかぶさるように身をかがめ、肩を張ってゆっくりと深呼吸をしながら、父の目をまっすぐに見つめ、ぽんぽんと手を叩いてあげる。

父の目が私をとらえるたび、ふっと表情が和らいで、また眠りにつく。

東坡肉

私が杭州が好きな理由のひとつは、料理だ。

東坡肉《ドゥンポーユック》という名物料理があって、豚の皮付きバラ肉を濃厚な煮汁に入れ、低温で何時間もかけて煮込む。こってりとした風味のため、六センチ角に切り分けて少量のたれをかけたものが、小さな茶色い素焼きの器で供される。魅惑のケーキよろしく肉と脂身が幾重にも層をなし、その上に透明感のある艶やかな厚めの皮が載っている。コラーゲンがたっぷりと含まれているため、女性はもっと豚皮を食べたほうがいいとか。この料理を好んで食したという宋代の詩人、蘇東坡《そとうば》にちなんで、東坡肉と名付けられた一品だ。

父の介護で杭州に滞在していたあいだ、私たちは何度もこの料理を頼んだ。たいてい一人前を注文して、四つに分けて食べる。口に入れると脂がとろけ、肉がほろほろと崩れ、煮汁があふれ出す。本当においしかった。あとには茶色い器の底に、艶々とした油が残るのみ。

父さんが好きだったもの

・メバルの酒蒸し　甜醤油だれ
・あざやかな色の服（ただし、自分では身に着けない）
・熱々の広東風壺蒸しスープ
・生まれ故郷の香港
・育毛オイルと木の櫛
・狭い足幅にぴったりのコンバースのスニーカー
・茶色
・夕方のニュース
・海の眺め
・ミスター・ビーン
・ワールドカップ、サッカーのブラジルチーム
・映画『サウンド・オブ・ミュージック』
・蒸し鶏の葱生姜だれ

・太陽の光、暖かい陽気
・般若心経を学ぶこと
・スライスしてお皿に盛りつけたパパイヤ
・美しい筆跡
・太極拳の練習
・眠ること

黄色

母が医師たちを説得し、父は西洋医学の治療と並行して一日一回の鍼治療を受けることになった。父の身体には水疱ができていて、鍼師が一本ずつ鍼を刺しては抜くたびに、黄色い液体がにじみ出てくる。母と妹と私は手袋をはめ、前かがみになって、四角いコットンで液体を拭きとっていく。一か所を拭き終えたと思っても、またすぐにあちこちから液体がしみ出てくる。

無数の小さな黄色いドームが煌めきながら、父の身体を覆い尽くしている。

帰郷

明日、香港へ帰るわよ、と母が言った。ふたりとも、荷造りをすませておいて。

杭州の病院の医師たちと相談した結果、父を香港へ連れて帰ることにしたのだ。医師たちの診立てでは、父が移植手術に耐えられるほど持ち直すまでには、まだかなりの時間を要するだろうとのことだった。

意識が戻ってからというもの、父は香港に帰りたいと繰り返し訴え、そのたびに母は、じきに帰れるわよ、でも移植してからでないとね、と言ってなだめていた。母が病室に姿を見せるたび、父はにらみつけた。

そして、き・み・は・い・じ・わ・る・だ、と人差し指で一文字ずつ書いた。

とうとう母も根負けし、医師たちから許可をもらったのだ。私たちは荷造りをすませ、いちばん早い飛行機で香港へと発った。

最大の難関

香港へ戻ると、母が言った。今朝、聞いたんだけど、昨夜《ゆうべ》、観音様が父さんのところに来てくれたんですって。もう最大の難関は乗り越えたから、これからはすべてよいほうへ向かうだろう、というお告げだったそうよ。

父のほうを見た。病室のベッドで眠っている。人工呼吸器が吸気と呼気を繰り返すたびに、父の身体を覆っている灰緑色の毛布が上がったり下がったりする。エアコンの静かな音が聞こえる。やっと、故郷《ふるさと》の香港へ戻ってこられたのだ。人工呼吸器も杭州の病院のものよりコンパクトに見えるし、父の表情は穏やかで、口元も緩んでいた。

でも、父さんはどうやって話したの？　私はたずねた。

指で文字を書いたのよ、と母。

そんな話、本当だと思う?

観音様はいつだって、父さんのことを見守っているのよ。

赤と金色の寺

その週末、お寺へ祈祷に行った。母と妹と一緒に並んだ長い行列の先には、赤と金色《こんじき》の紙束が山積みになった小卓があり、僧がひとりその前に座していた。片手に鉛筆を、もう一方の手には煙草を持っている。歯が黄ばんでいる。

天井から数多《あまた》つり下げられた渦巻き型の線香が、煙のらせんを描きながらゆっくりと燃えている。女の人が床にひざまずき、筮竹《ぜいちく》〔易占に用いる竹ひご〕の入った竹筒を両手で振ると、マラカスのような音があたりに鳴り響いた。

寺のなかは、どこもかしこも赤と金色だった。

列の先頭へくると、母が言った。夫の快復を祈りにきました。

母が歯の黄色い僧にお金をいくらか渡すと、金色の大きな仏像が居並ぶお堂へ案内された。僧は線香に火を着け、母と妹と私に一本ずつ手渡した。そしてお経を唱え始め、銅鑼を打ち鳴らしながら、ときおり私たちに一礼を促した。

お堂のなかは冷え切って、煙がもうもうと立ちこめていた。そのうち鼻水が出てきた。手の甲で鼻水をぬぐう。僧はお経を唱え続け、私たちは何度も礼をする。頭を下げるたび、鼻水がいっそう垂れてくる。仕方なく、鼻を掻いているようなふりをした。どうせ誰も気にも留めないだろうけれど。ずいぶんと時間が経ったころ、これにて終わりです、と僧が告げた。私たちは感謝の言葉を述べて、お堂の外へ出た。

太陽がひどくまぶしかった。思わず手をかざした。

緊急手術

香港へ戻った三日後、父は緊急手術を受けることになり、その日は午後まで面会できないと言われた。

じゃあ、明日は寝坊できるってことだね。手術の前の晩、私は妹に言った。

当日、病院に着くと、父は眠っていた。

手術でだいぶお疲れになったようです、と看護師が言った。

そんなわけで、妹と伯母と一緒におやつを買いに出かけた。抹茶ミルクチョコレートに薄紅色の海老チップス、それに紙パックのパイナップルジュースも。

病院に戻っても、父はまだ眠っていた。母は隣に座って付き添っている。それから数時間みんなで待っていたが、やがて院内のカフェで夕食を摂ることにした。

母さんも何か食べなくちゃ、と私は言った。せめて外の空気を吸ってきたら。ここは空気がこもってるから。

ううん、大丈夫。何か買ってきてちょうだい。

母は病室に詰めたまま、片時も父のそばを離れようとしない。

伯母と妹と一緒にエレベーターに乗って地下のカフェに行った。冬瓜のスープ、酸辣湯《スュンラートーン》、焼きそば、マンゴーとタピオカのプリンを注文する。みんなで笑いながら冗談を言い合った。母さん用にテイクアウトのシンガポール風カレービーフンも注文した。

母さんももうちょっと肩の力を抜いて、自分の健康にも気をつけるべきだよね。私はふたりに言った。

やがて病室へ戻ると、ベッドの足元に伯母たちが何人も立っていた。

何をのんびり食事なんかしてたの？　母が言う。父さんはもう、今夜はもたないだろうって、先生が。

どういうこと？

看護師さんたちが身体を拭きにきて、そのあと意識不明になってしまったの。もう親戚やお友だちのみなさんにも連絡した。

父のもとへ歩み寄った。

大きく見開いた父の両目が天井をまっすぐに見据えている。

待機

みんなでベッドの足元を囲んで立っている。

延命処置をするかどうか、決めなくちゃいけないの、と母が言う。もちろん、やるわよね。

モニターの数値がみるみる下がっていく。

救命って何をするの？

肋骨が折れるかもしれないって。

先生はなんて言ってるの？

やめたほうがいいって。

みな呆然と立ち尽くす。

救命する？　どうする？　母が訊く。

医師と看護師たちが救急カートを押しながら、病室へ駆けつける。

彼らはそばで待機している。

救命する？　どうする？

そんなのわからないよ、母さん。わからない！

手と手　一

楽しい話をしてあげるのよ。父が最初に入院したとき、伯母に言われた。手を握ってあげて。結婚式のとき、腕を組んで祭壇まで歩いてくれなくちゃ、って言ってやりなさい。お父さんの手を握りながら、そういう話をするのよ。

手を握るって、ただ手を伸ばして父さんの手に重ねればいいの？　上から、それとも下から、握手みたいに？　両手で握るの？　だけどもし、腕を組んで祭壇まで歩くなんてごめんだなんて言われたら？

香港に到着し、空港からタクシーに飛び乗って病院へ直行する。病室の入口で医療用マスクを着け、アルコールジェルを両手に擦りこむ。ベッドに近寄っていくと、父は両腕を広げ、こちらに手を差し伸べていた。やつれた頬。近づいて、その両手を包みこむ。

すまない、父が言う。

私は泣きだしてしまう。

アイ・ラブ・ユー、父が言った。

アイ・ラブ・ユー・トゥー、と答えた。

いい父親じゃなくてごめん。よくなったら、もっとがんばるから。

それからは毎日、父の手を握った。

見守る

みんなでベッドの足元を囲んで立っていた。

伯母のひとりが身を乗り出し、大声で言った。

心配しないで、妹の面倒はちゃんと見るから！

私はみんなの顔を見回した。私も何か言うべきなの？　なんて言えばいいの？

母がすっと歩み出て、両腕を身体のわきに下ろしたまま、父の胸にそっと頬を寄せた。

両親のあいだでこれほど愛情のこもった仕草を見たことがなかった。

母が身体を起こして後ろへ下がると、私も歩み出て、同じことをした。

手と手　二

父が亡くなった日、私は手を握っていた。すべすべしてむくんでいて、水でパンパンに膨らんだゴム手袋みたいだった。父の顔を見てから、モニターの数値をチェックする。また父の顔を見つめては、モニターの数値に目を移す。なぜ四六時中、数値を確認してしまうのか自分でもわからなかった。しばらくすると、父の手が、握っている部分しか温かくないのに気がついた。両手で父の手を握り、片方の手で親指を温め、もう片方の手で小指を温める。こんどは手首が冷たくなってきたので、片手をずらして手首をつかむ。まんべんなく温めたくて、手をあちこちへ動かし続ける。どれくらいのあいだそうしていたのか、思い出せない。

やがて、伯母が言った。手を放してあげなさい。お父さんの魂が安らかに旅立てないから。

それでようやく手を放した。

安らかに眠って

父の目を閉じることができなかった。

伯父が言った。僕だよ、ここにいるよ、安らかに眠って。

伯母が言った。まだ心の準備ができていなかったのね。だから目を開いたままなのよ。きっと何か心残りがあるんでしょう。あなたならできるんじゃないの。やってみて。

私は歩み出て右手を上げ、父の額の上にそっと下ろした。手のひらの端に父のまぶたが触れた。

心配しないで、父さん。安らかに眠って。

私の手のひらの下で、父のまぶたがそっと閉じる様子を想像してみる。けれどもゴムのような手触りのそれは、まるで眼球に糊付けされているみたいだ。いったん手を持ち上げてまた下ろし、もう少し強めに押さえる。深呼吸をして、さらにもう一度やってみた。

伯母が妹に言った。やってごらん。

私は息を呑んだ。あの子にはできたらどうしよう?

妹も同じようにやってみた。

ついにトラックに乗せられたときも、父の目は見開いたままだった。

お母さんのこと、頼んだよ

父は術後二十四時間以内に亡くなったため、警察が死因を調査する必要があった。ベッドで静かに横たわっている父を残して病室の外へ出た親族たちは、警察官らの周りに集まっていた。

死因なんか調査してほしくなかった。私たちは誰も訴える気などなかった。遺体を傷つけたりせず、ただ安らかに葬ってあげたかった。

遺体は翌朝、霊安室から引き取れると警察官に告げられた。

警察が引き上げたあと、みんなで病室へ戻ってもう一度別れを告げた。

本当は預けたくないんだよ、と伯父が語りかけた。

病院のスタッフが数人やってきて父をカートに乗せ、廊下わきのエレベーターまで運んでいった。私たちもあとからエレベーターに乗って、地下の駐車場へ向かった。父を乗せたカートのあとに続いて歩いていくと、カートは大きなトラックのほうへ寄っていった。蛍光灯の灰色の光が場内を照らしている。私たちはその場に立ったまま、汚れた白Tシャツを着た人たちが父をトラックに乗せるのを見守った。

行ってらっしゃいと言ってあげて、と母が言う。

行ってらっしゃい、妹と声を合わせる。

そのまましばらく立ち尽くしていた。やがて振り返って、出口へ向かって歩いていくと、親戚たちが私のほうへ歩み寄ってきた。

あなたは長女だからね。お母さんのこと、頼んだよ。

これからはお母さんの面倒を見てあげなくちゃね。

しっかりするのよ。私の代わりに、お母さんのこと頼んだからね。

そこへ伯父が車を寄せ、私たちを家まで送ってくれた。

シンガポール風カレービーフン

ドアを開けて入ると、アパートメントの室内は金色《きんいろ》の光であふれていた。私はキッチンへ行き、ハンドソープのポンプを三回押して手を洗った。肌を包みこむ泡は、みずみずしいジャスミンの香りがした。病院から持ち帰ったシンガポール風カレービーフンを三つの器に取り分け、電子レンジで温める。妹はシャワーを浴びに行った。

母とふたりで席に着き、あざやかな黄色のビーフンを食べていたら、バルコニーで光がきらりと揺らめいて、グラスの後ろ側に反射した。ふと見ると父さんが立っていて、私たちに向かって手を振りながら、にっこりと微笑んでいる。父さんは幸せそうだった――ついにようやく、久方ぶりに。私も微笑み返した。

ビーフンおいしいね、私は言った。

おいしい、母が言った。

海辺で撮った写真

お葬式用に遺影が要るわね、と母が言う。

大きい写真じゃないとだめなのかな？　私はたずねる。

さあ、どうかしら、でもいいのを見つけてちょうだい。父さんの最近の写真、私は持ってないから。

ノートパソコンを開いて、フォトアルバムをスクロールしていく。やはり、父の写真は多くはなかった。それに笑顔の写真がほとんどない。しばらくして見つかったのが、三年前、父が病気になる直前に家族でインドネシアのビンタン島へ行ったとき、私が撮った両親の写真だった。家族そろっての旅行なんて、子どものとき以来初めてだった。写真の真ん中に白っぽい木が写っていて、幹には細いロープが巻き付けられている。砂浜のところどころに、陽だまりが見える。木の幹の両側には青と白のストライプのビーチチェアが置かれ、左側では母が寝そべって、にこやかな笑顔を見せている。母のビーチチェアはほとんど砂に埋もれている。右側では父が上体を起こして座っていて、両手をひざに載せている。顔には満面の笑み。父がこんなふうに目尻にしわを寄せて笑っている写真は、これしか見つからなかった。

父の顔を中心にその写真をトリミングして、母にメールで送った。

葬儀のとき、こんなことを言ってくれたひとが何人もいた。お父さんのお写真、とても素敵ですね。どちらで撮ったんですか？

葬儀

葬儀は香港葬儀館で行った。正面玄関から入って受付をすませたところ、その夜の同じ時間帯に葬儀がいくつか入っていることがわかった。

予約した部屋へ向かっていくと、入口付近の床の上におびただしい量の紙製の副葬品が並んでいた。あざやかなピンクや黄色、ライムグリーン、金や銀など、派手な色の色紙で作られたものだ。大量の札束の山、大きな薄型テレビ、人形サイズの運転手付きメルセデスベンツ。大邸宅の断面図模型のなかには、使用人たちの姿も見える。

これ全部、父さんのため？　私は訊いた。

そうよ、と母が言った。あとで焚くの。

みんなで部屋のなかへ入っていった。入口正面の壁の真ん中に、白木の額縁に入った父の大きな遺影が飾られている。壁際には友人や親族から贈られた白い百合の供花《きょうか》が並び、無事にあの世へ行けるよう祈りをこめた手書きのメッセージが添えられていた。母と妹と私からの供花はいちばん中央寄りに飾られている。部屋の両側には、中央の通路をはさんで向かい合うように白い椅子がずらりと並んでいた。遺影の前には長方形のテーブルが置かれ、果物やガチョウのロースト、お粥などの供物《くもつ》とともに白い花がたっぷり飾られ、お線香が灯されている。みんなで遺影の前に並んで、三回礼をした。何人かの親戚はすでに座っていて、のちほど燃やす冥《めい》銭《せん》*を折っていた。淡い黄色の台紙の真ん中に、金色の四角い紙が貼り付けてある。

そろそろ冥銭を燃やし始めていいよ、と遠縁の親戚が私と妹に言った。

そのおばさんの案内で奥の小部屋へ続くドアの戸口に立つと、室内には小さな暖炉があり、その近くに一本のロウソクと、さまざまな種類の冥銭の入った大きなダンボール箱が置かれていた。偽物の香港ドルや米ドル、ユーロの紙幣まである。

お父さんのあの世への旅支度だよ、とおばさんが言った。

ほかにも一〇〇万ドルの札束や色とりどりの硬貨、長方形の無地の紙束もあった。妹と私は何枚かの冥銭に火を着けて暖炉のなかへ放りこみ、さらにたくさんの冥銭を投げて、金属のトングで火を熾した。

数分後、さっきのおばさんが様子を見にやってきた。

何をもたもたやってるの！　さっさとおやりなさい！　もっとどんどん焚くのよ！　そんな調子でやってたら、火が消えちゃうじゃない！

おばさんは暖炉の前にやってきて、みずからやり始めた。私たちの見ている前で冥銭に火を着け、暖炉に放りこんでいく。

あなたのお金ですよ！　あなたのためにお金を焚きますよ！　おばさんが言った。

冥銭を焚くときは、ちゃんとこう言わないと。

＊紙銭とも言う。紙幣を模した副葬品で葬儀の際に焚く。

そうしておばさんが立ち去ると、また妹とふたりで冥銭を焚き続けた。そのうち参列者らが到着し始めたので、焚くのをいとこたちに代わってもらって、私たちはあいさつに行った。ほどなくして、黒いスーツ姿の司会の男性が到着した。やがて、司会がマイクを使って一同の前でアナウンスした。参列者のみなさまはご遺影の前で三礼してから、ご遺族に向かって一礼をお願いします。それに対して、私たち遺ご遺族は、あごを少し引いて会釈をするようにと言われた。ついに葬儀が始まり、参列者らが中央の通路に面した椅子に座って、冥銭を折り始めた。

やがて参列者がいったん途切れたところで、母が私たちに、父さんに会いたいかとたずねた。そういえば、父さんに会えるなんて思ってもみなかった。母のあとについて、さっきとは別の小部屋に入っていくと、まるで美術館に足を踏み入れたかのようだった。ガラスの仕切り窓の向こうに、開いた棺のなか、黄金色《こがね》の毛布に包まれて横たわっている父の姿が見える。スポットライトの照明がいくつも当たっている。肌は粉っぽく、頬はピンクに染まっていた。

どうやって目を閉じたんだろうね？

三人で一礼した。

横に並んで、ガラス越しに父を見つめた。

愛してる《アイ・ラブ・ユー》、父に向かって、母がそっとつぶやいた。

そのあと、午後には、仏教の儀式を執り行うため数人の僧侶が到着した。僧侶たちは長卓を囲むように座して、お経を唱え始めた。私たち遺族は係員の合図でお線香を捧げ、僧侶たちの周りを歩いた。ぐるぐると何周もした。

夕方になると、葬祭アドバイザーから案内があった。これから紙製の大きな副葬品をお焚きいたします。つきましては、ご遺族と近親の方々のみご参列ください。私たちと数名の親族が彼のあとについて、建物から外の通りに出た。二、三分歩いていくうちに、一台のトラックと四角い焼却炉が目に入ってきた。黒い喪服姿の私たちは、暗がりに包まれた橋の下の通路に並んだ。

葬祭アドバイザーから説明があった。副葬品を焚き始めたら、すぐに受け取ってくれるよう、父さんに声をかけること。このとき、できるだけ大声で叫ぶこと。

係の人たちが、炎の燃えさかる焼却炉のなかへ紙の副葬品を投げこみ始めた。

お供え物を受け取って！　みんなで叫ぶ。お供え物を受け取って！

橋の上を走っている車からも見えそうなほど、火柱が高々と燃え上がった。

声が小さい！　誰かが私に向かって言った。もっと大声で！

さっきもガミガミ言ってきたあのおばさんだった。物をぶん投げてやりたかった。

でもそうはせず、さらに大声で叫んだ。

そうやって私たちは、そろって同じほうを向き、係の人がお供え物を火に投げこむなか、叫び声を上げつづけた。

茶毘《だび》に付す

葬儀において、本来であれば長男が行うべき儀式を長女の私が引き受けるのはどうなのか、という議論が親戚のあいだで持ち上がった。母さんは、やってみたいかと私にたずねた。すると、息子でもないのにおよしなさい、と親戚がたしなめた。

そんなことをしたら一生結婚できなくなるわよ、とまで言う。

でも結局、私はやることにした。

翌朝、親戚一同で再び葬儀館を訪れた。みんなで座って冥銭を折り始めたところへ葬儀アドバイザーがやってきて、私を父の棺が置かれた部屋へ連れていった。棺はガラス窓の向こう側から、安置室へと移されていた。

これをお持ちください。アドバイザーはそう言って、両手で白いおしぼりを差し出した。では、私のあとに続いてこう言ってください。お父さん、お顔を拭きますよ。

私がおしぼりの両端を持っているのに、彼も手を放そうとしない。ふたりでおしぼりをつかんでいる恰好になった。

お父さん、お顔を拭きますよ。

彼は父の顔の上でおしぼりを浮かせたまま、前後にちょこっと動かしただけで、顔には触れなかった。それがすむと、私は会場に戻って待つように言われた。

数分後、台車に載せられた父の棺が会場に入ってきた。参列者たちが順番に棺の前に進み出て一礼し、また席に戻った。やがて、司会からアナウンスがあった。まもなく棺の蓋が閉じられます。この儀式のあいだ、午年、卯年、亥年生まれの方々は、目を反らしていただきますようお願いいたします。卯年生まれの私は、下を向いた。どのタイミングで蓋が閉じられるのかわからなくて、ずいぶん長いこと床を見つめていた。

そのあと、私は水のたっぷり入った石の鉢を窓辺へ運んだ。そして遺影を抱え、火葬場に向かう車へと歩いていった。

親族と友人用には大きなバスが一台、遺族用には小さなバンが用意されていた。火葬場は丘の上にあった。茶毘に付す儀式は、金色《こんじき》と黄色の壁紙に彩られた室内で行われる。みんなで部屋に入っていくとお線香を一本ずつ手渡され、前から順に、横に列を作って並ぶように指示された。母と妹と私は最前列だ。棺は部屋の左側のベルトコンベヤーの上に置かれていた。ひとりずつ一礼し、お線香をくべる。やがて、葬儀アドバイザーが私と母と妹を棺の前に呼び出した。

このボタンに軽く手を添えてください。

三人で壁の小さな白いボタンに指を添えた。

一、二、三。彼が言った。

ボタンを押すとコンベヤーが動きだし、棺を――そしてなかにいる父を――壁の穴から室外へと運び出していった。炎も煙もまったく見えなかった。

向こう側に何があるの？　妹が訊く。

向こう側で遺体を焼くの、母が言う。

お線香の煙が立ちこめるこの金色《こんじき》と黄色の部屋で、私たちは三人でボタンを押し、姿形もなければ匂いもしない炎のなかへ、父を送り出した。向こう側はいったいどんな様子なのだろう？　紙の供え物を炎のなかへ放り投げたように、棺も炎のなかへ投げこまれるのだろうか？　蛍光灯の照らす部屋にずらりと並んだ棺が、これから燃やされるのを待っているのだろうか？

いま思えば、父の姿を最後に見たのは、顔の上でおしぼりを持っていたときだった。あれが最後と知っていたら、もっとよく見ておいたのに。

あのときはただ戸惑いながら、おしぼりの持ち方はこれでいいのかな？　なんて考えていた。

初七日

父が亡くなった翌日、母が言った。亡くなった七日後に、魂が家に戻ってくるのよ。

じゃあ、父さん帰ってくるんだ?

そう、来週の水曜日に帰ってくる。父さんのために夕食を用意するようにって、葬祭アドバイザーに言われたの。好物を全部そろえて、寝る前にテーブルに並べおくんですって。それで考えたんだけど、メバルの酒蒸し、蒸し鶏の葱生姜だれ、エッグタルト、それにミニ青梗菜でどうかしらね。あとは、父さんと牛頭《ごず》、馬頭《めず》のために、三人分の食器を用意しておく必要があるの。牛頭馬頭が父さんを家まで案内して、また連れて帰るのよ。

その夜、寝つけなかった私は、牛頭馬頭のことをインターネットで調べてみた。頭は牛か馬、身体はいずれも人間の姿をしており、地獄の番人として閻魔大王に仕え、死者たちの魂を審判の場へと連れていくという。あるウェブサイトに、黄ばんだ絹の絵巻物の画像が載っていた。牛頭と馬頭がふたりの罪人たちの身体から、腸《はらわた》を掻き出している場面だ。血が赤い糸のように幾筋も滴り落ちていた。

百八回のお祈り

父が亡くなったことは、祖母にはしばらく伏せておくことにした。当時、祖母はまだバンクーバーにいた。

父さんの具合を訊かれても、何も言わないでね、と母が言った。

私はしばらく祖母に電話をかけなかった。

やがて数日ぶりに電話をかけると、案の定、父さんの様子を訊かれた。

とくに変わりないよ、と答える。

一日二回、百八回のお祈りをしているからね、と祖母が言う。父さんが早くよくなって、退職して、母さんを旅行に連れていってくれますように、って。

数か月後、母がバンクーバーに行くまで、とうとう祖母には告げなかった。

翻訳

父が亡くなる前、私は書店で『ポケット版ティク・ナット・ハン』*という本を買い、香港へ行くときに持っていった。

父さん、仏教の本を買ってきたよ。読んであげようか？

いや、いいよ。

私は病室のベッドのわきに座って、父の手を握っていた。

英語の本だろう？　しばらくして、父が訊いた。

そう、英語の本。でも、中国語に訳せるよ。読んでほしい？

*ベトナム出身の禅師、詩人、平和・人権活動家。

そうだな。

バッグからポケット版の黄色い本を取り出し、最初の数ページをめくった。第一章は、マインドフルネスについて。私はマインドフルネスを広東語でなんと言うのか知らなくて、父に教えてもらった。それからもだいたい十語に一回は質問をはさみつつ、のろのろと訳しながら朗読していった。父はじっと目をつぶっている。何度もしつこく質問をしたせいで、疲れちゃったのかな？　それとも私の中国語があまりにひどくて、がっかりしちゃったとか？

唇の上がじっとりと汗ばんできた。ちっともうまく訳せなくて、マスクの下に玉のような汗がにじんでくる。それでも読み続けていたら、やがて看護師さんたちがやってきて、父の身体に挿入されているチューブの点検を始めた。私は本を閉じ、バッグへしまった。

数日後、父が言った。このあいだおまえが読んでくれた本のおかげで、新しいことを学んだよ。

本当？　どんなことを学んだの？

自分自身に誠実であることの大切さを学んだ。多くの人は、社会において「こうすべき」と言われていることをやる。自分を見失ってしまっているんだな。僕も子どものころから儒教の価値観を教えこまれたが、あれは偏っている。僕はとにかく懸命に働いて、生計を立てることに全力を尽くしてきた。だが、もう老いぼれだ。おまえはくれぐれも、自分らしさを見失ってはいけないよ。

結局、私は『ポケット版ティク・ナット・ハン』の第一章すら、最後までまともに読んであげられなかったのだが、父は病気がよくなったら仏教を学びたいと言っていたから、あの本も棺に入れた。

父が亡くなって半年後、私は同じ書店に行ってあの本をもう一冊、自分用に買い求めた。第一章にこんな一節がある。

あなたはいま、こうして生きている、いきいきと生きている。それは奇跡なのだ。生きながら死んでいるような人たちもいるのだから。

いま読んでも、何をどう訳したのやらさっぱり憶えていない。

許し

お父さんのこと許したの？　友だちに訊かれた。

わからない、と私は答えた。そんなの、わからなくない？

ふと父が亡くなる数か月前のことが思い出された。あのとき私たちは病院にいて、父は少し具合がよかった。みんなで父の身体を支えて椅子に移動させ、二十分だけ座らせた。すると、父が私と妹に話があるというので、私は父の右側に座って右手を握り、妹は父の左側に座って左手を握った。父が言った。おまえたちに手を上げたことなど一度もないと言ったが、本当はそうじゃない。ぶったことがあるんだ。父は妹のほうを向いて言った。あのころ、おまえはまだ小さくて、お風呂に入るのを嫌がった。走り回って、ちっとも言うことを聞かなかったんだ。それで、おしりを叩いた。それから、父は私を見て言った。おまえはもっと大きくて、十四歳だったかな、家のなかを忍び足で歩き回って、僕を驚かせたんだ。それで、頭を叩いた。

そんなふうに足音を忍ばせて歩くんじゃない、と言っておいたのに。それでも、言うことを聞かなかったんだ。まあきっと、おまえたちはまったく憶えていないだろうがね。もうずいぶん昔のことだから。

憶えてるよ、私は言った。

私も憶えてる、妹が言った。

あの日病院で、父は許しを求めていたのだと思う。でも、私は許したくなかった。あのとき父のことを許せなかったのに、いまとなっては、許しを求めていた父を許せなかった自分を許せずにいる。父はただ許すと言ってほしかったのに、私はそうしなかった。

でも、いまはもう自分を許せるようになった？　友だちが訊いた。

わからない。どうすれば許せるのか。

つまさき

父のつまさきがいまも目に浮かぶ。

関節から伸びた大きな足指が、私のと同じで弧を描くように並んでいる。付け根には黒い指毛がぼうぼうと生えている。

父はよく足の親指と人差し指を前後にこすり合わせ、パタパタとかすかな音を立てながらニュースを観たり、新聞を読んだり、窓の外を眺めたりしていた。

ときおり私も足の指をこすり合わせ、パタパタと音を立ててみる。

望みうる最高の一日

今朝、ある記事を読んだの。医師の男性が書いたものなんだけどね、と私は言った。あるピアノ教師の人生の最期についての記事。ただ、その医師は彼女の担当医ではなかったの。自分の子どもを彼女のピアノ教室に通わせているうちに、友人のような間柄になったんだって。

その医師はどういうわけで記事を書いたの？　妹が訊いた。

彼が言うには、十年以上医療に携わっていても、患者がもう手の施しようがない場合、どうすればいいかは判断がつきかねるって。延命のために、できることはすべてやり尽くすべきなのか？　それとも、諦めるしかないのか？　だがそもそも、そのどちらかを選ぶしかないのだろうか？　そこで彼は、いま恐れているのはどんなことですか、と彼女にたずねた。すると、痛みがさらにひどくなること、恥ずかしい思いをすること、身体のコントロールが利かなくなること、という答えが返ってきた。それで、自宅でホスピスケアを受けてはどうかと彼女に薦めたのよ。やがて、彼女の自宅のリビングには必要な設備がすべて整えられ、意識を保ちながらも快適に過ごせるように投薬量も調整された。そのうえで、「望みうる最高の一日を過ごせるとしたら、どんなことをしたいですか？」と医療チームが彼女にたずねた。彼女は考えた挙げ句、もう一度、ピアノのレッスンをすることにしたの。すると、かつての教え子たちが国じゅうから飛行機で駆けつけて、彼女のためにコンサートを開いてくれたんだって。彼女は教え子たち全員に別れを告げて、それからまもなく安らかに亡くなったそうよ。

それで、父さんのことを考えちゃうの？

点滴とか、チューブとか、傷口とか、人工呼吸器とか、思い出しちゃうんだ。父さんが死んだあとも動いていたあの呼吸器の音、まだ耳に残ってる。どうして私、何も言わなかったんだろう？　父さんはどんなことをしたい？って、なんで訊いてあげなかったんだろう？　最初に入院したとき、本人は一か月もすれば退院できると思っていたのに、結局、死ぬまで一年近く入院したままだった。だけど、そのいっぽうで思うんだよね、どうするべきだったかなんて、私にわかるはずがないって。どうして先生たちは何も言ってくれなかったんだろうね？　父さんの余命がどのくらいか、なんでちゃんと教えてくれなかったんだろう？

でも父さんは、生きようとしてたんじゃないかな。よく聞くじゃない、老夫婦がともに白髪になるまで仲睦まじく連れ添って、やがて片方が亡くなってしまうと、遺されたほうもあとを追うように亡くなってしまうって。父さんに生きる意思がなかったら、もっと早く諦めてたんじゃないかな。

そうだね。

父さんにとっての「望みうる最高の一日」って、どんな感じだったんだろうね？

夢

昨夜、夢を見た。

夢のなかで、父の顔がぼうっと浮かび上がってきた。元気そうなその顔は、輪郭がぼやけて見える。

父が声を出さずに語りかけてきた。

僕は死ぬことを選んだんだ。

目を覚ますと、温かい涙が顔を伝い、頬に触れる枕にひんやりとしたしみができていた。

そうしてまた眠りに落ちた。

父からのメール

古いメールを削除していたら、たまたま父からのメールを見つけた。二〇〇六年十一月の日付だ。当時、大学二年生だった私は夏期のインターンシップに応募するところで、自分の将来につながる就業先が見つかるかどうか心配していた。

メールをくれてとてもうれしかった。おまえが中国語で書いたおばあちゃんへの手紙、すばらしいね。いくつか間違いもあるが、ずいぶん進歩したし、言葉遣いが達者になって語彙も増えた。なかなかどうして堂々とした見事なものだ。

以前にも言ったとおり、最初のひとつやふたつの仕事は重要ではないし、将来的なキャリアにはつながらないかもしれない。ときには悩んだり、回り道をしたりするかもしれないが、あまり深刻にならないことだ——

とくにインターンシップのことではね。人はみな変わりやすいものだよ。

勉強も遊びも楽しんで！

私は画面に目が釘付けになった。こんなメールを読んだ憶えはなかった。

どうして父さんにがっかりされたことばかり憶えているんだろう？

父さんがどんな人になろうとしていたか、私は知らなかったの？　知ろうとしたことがあった？

思い出

断片的にしかたどれない思い出がある。

私は病室で立っている。

父はベッドで上体を起こしている。

どういうわけか、ほかに誰もいない。

床の上には四角い黄色の陽だまり、私の足元には小さなスーツケース。

外でタクシーが待っている。

この人生で、と父が言う。

声がかすれる。父が顔を背ける。

この人生でふたりの娘に恵まれたことは、僕にとって最大の幸運のひとつだ。

故郷

父が亡くなったあと、三十年ぶりに母の肺が破れた。

母は私たちが子どものころから住んでいたバンクーバーの自宅を売り払い、家族ぐるみの友人たちに別れを告げ、祖母とふたりで香港へ帰還した。

移民した当初は苦労したものの、二十年以上も暮らしてみれば、母も祖母もバンクーバーのほうが好きになっていた。緑豊かな、静寂の地。穏やかな冬に地中海のような夏。カナダの空気はとてもさわやかだと、ふたりは言う。だが、妹も私も学業や仕事で外国へ移り住んでしまったいま、ふたりがカナダに残る理由は何もなかった。

母さんたちはバンクーバーでの暮らしが気に入っているんだと思ってた。どうして香港へ戻るの？

だって、ほかにどうすればいいの？　母はそう答えた。

以前、父にたずねたことがある。もし世界じゅうのどこにでも住めるとしたら、どこに住みたい？

ほかに住みたいところなんかないよ。香港が好きなんだ。僕の故郷《ふるさと》だもの。父はそう言った。

母から聞いた話では、移民してから何年ものあいだ、休暇でバンクーバーへ来ていた父が香港へ帰っていくたびに、私は泣いていたらしい。

あるとき、父が帰った翌日かそのつぎの日、コミュニティーセンターで夜間に開催される住民登録会で、母が通訳のボランティアをすることになった。新しいことを学べるチャンスだと思って、自分から申し込んだのだ。

私は憶えていないのだが、夜になって玄関へ向かう母を見て、私は大声で泣きだしたらしい。母の服にしがみついて、行かないで、とだだをこねる私に向かって母が言った。すぐに戻るからね。ほんの二、三時間、コミュニティーセンターに行くだけじゃないの、すぐに帰ってくるから。それでもわんわん泣きわめくものだから、祖母が私を押さえつけている間《ま》に母が飛び出し、ドアに鍵をかけた。

思うにそのころ、おそらくその瞬間《とき》から、私は親密な感情を抱くのが苦手になったのだと思う。

大人になると、私はつぎつぎに移り住んだ――バンクーバーからプロビデンス、ロンドン、ニューヨーク――街や周りの人たちに愛着を覚え始めると、無意識のうちに私は、自分のほうから去っていこうとした。

最近、親戚によく言われる。早く香港に戻ってきなさい。お母さんをいつまでひとりにしておくつもり？

生まれ育った土地でずっと暮らしている人たちが、心底うらやましくてたまらない。どうして私は、選ばなくちゃいけないんだろう？

髪の儀式

母が香港のアパートメントで父のクローゼットを整理していたら、ビデオテープのたくさん入った箱が出てきた。八〇年代と九〇年代に、両親が大型のハンディカメラで撮影した動画だった。

香港の猛烈な湿気のせいで、古びたテープの何本かにはカビが生えてしまい、フィルムの表面に粉雪が散り積もったかのようだった。なかにはすっかり傷んでいて、捨てるしかないものもあった。残りのテープもほとんど色褪せており、淡いピンクやブルーやグリーンが混沌となって、ぬらりと光った。

母は友人に頼んでビデオテープをデジタル化してもらい、USBメモリに入れて、私の住むニューヨークへ持ってきてくれた。

一九八六年十月のある動画では、ピンクのポプリン地のパジャマの上に白いケープを着けた母が、籐椅子に座っている。母が頭を少し前に傾けて、目の前のテーブルに置かれた鏡を見つめるなか、義理の姉が赤い糸を使ってイトスギの葉を母の髪に留めていく。両親が香港で結婚式を挙げる前夜のことで、母は二十七歳になる手前だった。

もう撮ってるの？　母が訊く。

撮ってるよ！　カメラの後ろで伯父が答える。

じゃあ、もっといい笑顔をしなくちゃ。母がそう言って、にっこりと笑う。

画面の外では、祖母がくすくす笑っている。やがて、親戚の年配の女性が前に進み出て、ふたつの木の櫛を手に取る。そして母の髪をとかしながら言う。

一《ヤット》梳《ソー》梳《ソー》到《ドウ》尾《メイ》　最初の櫛は、最後まで添い遂げるように
（ふたりの結婚が生涯続きますように）

二《イー》梳《ソー》兒《ジ》孫《シュン》満《ムン》地《ディ》　二番目の櫛は、子どもや孫でにぎやかになるように

（ふたりが子どもや孫に恵まれますように）

三《サーム》梳《ソー》白《バーク》髪《ファート》齊《チャイ》眉《メイ》！　三番目の櫛は、白髪と白い眉を祈って！

（ふたりが長寿に恵まれますように）

みんなから拍手喝采を浴びて、母がうれしそうにぴょこんと頭を下げる。画面にふたつの手が現れ、コカ・コーラの空き缶をふたつテーブルに置く。赤い缶のなかには、炎の灯った赤いロウソクが立てられている。

このあとはどうするの？　伯父が訊く。

最後まで燃えるのを待つんだよ、誰かが答える。

それはまたえらく時間がかかるね！　伯父が言う。

いや、そうでもないさ。それほどかからないよ、と誰かの声。

動画が終わるころには、母と家族のにぎやかなおしゃべりや笑い声が、部屋じゅうに響き渡っている。

ニューヨークでの私の結婚式の前夜には、母が香港から持参した髪の儀式の道具を携えて、うちのアパートにやってきた。

紅《くれない》色の厚紙の上に並べられ、透明な薄いビニールで包まれたその道具一式には、木軸に紅色の蝋《ロウ》を塗り重ねた龍と鳳凰柄のロウソクが二本、輝くような金色の持ち手のついたハサミ、紅色の定規、紅錦《こうきん》の織物で柄をくるんだ手鏡、緑と赤の糸がひと巻きずつ、それに半円形の木の櫛が入っていた。

私は妹に頼んで、儀式の様子を録画してもらった。

その動画のなかで、私は淡いピンクのTシャツに白とピンクのストライプ柄のボクサーショーツという恰好で、グレーの椅子に腰かけ、窓に面して座っている。開いた窓から月が見える。手前のコーヒーテーブルには、髪の儀式の道具がずらりと並んでいる。ジャムの空き瓶のなかに二本の赤いロウソクが立てられ、炎が灯っている。

私の隣に立った母が三回礼をする。そして、火をつけた三本のお線香をロウソクの横の空き瓶に入れる。母は親指と人差し指でヘアピンをつまみ、赤い糸を使ってイトスギの葉を私の髪に留めていく。やがて、全体を見るために身体を少し後ろへ反らし、私の耳に後れ毛をかけると、紅錦の織物で包《くる》まれた手鏡を私に手渡す。私はありがとうと言って、両手で鏡を持つ。母は木の櫛を手に取って、微笑みながら言う。これでもう立派な大人ね。あなたが一生、健康と幸せに恵まれますように。

伝統によれば、髪の儀式のあいだ、花嫁は鏡に映った自分の姿を見つめることになっている。でも母が私の髪に櫛をすべらせたとき、私は思わず鏡の角度をずらし、母の顔を見つめずにはいられなかった――三十年前、自分に贈られた三つの祝福の言葉を私のために一心に唱えている、その表情を。

敬茶の儀式

結婚式に出席するため、祖母もニューヨークまで飛んで来てくれたが、前夜の髪の儀式には出られなかった。十六時間のフライトのせいで時差ボケがひどく、ホテルで休んでいたのだ。

何年も前から、私は祖母と電話で話すときには必ずこう言っていた。花嫁姿を見てもらえるように、くれぐれも健康に気をつけてね！

すると、祖母が言う。わかってるさ、毎日ちゃんとビタミンも飲んでるよ。赤ちゃんの顔を見られるように、早いとこ結婚してもらいたいもんだね！

そしていつものように、くくっと笑うのだった。

結婚式の前日、両家の親族一同が私たちのアパートに集まって、少しくだけた敬《ギン》茶《チャー》の儀式*を行った。夫の家族は中国人ではないので、私の伯母が一つひとつの手順を広東語で説明し、私が英語に訳していった。

年配の親族から順番に、夫婦ごとに、もしくはひとりでソファーに腰かけてもらう。夫と私はあざやかな赤色の座布団の上にひざまずき、プーアール茶を差し出す。

ふたりの伯母がキッチンの流し台に張りついて、使い終わった茶碗をそのつど洗う。年下のいとこがお盆を持ってキッチンとリビングを行き来し、使った茶碗を下げては、洗った茶碗を運んでいく。

ついに母の番がきて、ひとりでソファーに腰を下ろしたときには、隣に座っているはずだった父の姿を思い浮かべずにはいられなかった。

やがて祖母の番がきて、ソファーに深々と腰かけたとき、その身体の小ささに私は胸を衝かれた。お茶がなみなみと注がれた茶碗を両手で差し出したとき、目に

*目上の人を敬う儒教文化から生まれた華人文化の伝統の儀式。新郎新婦が互いの両親や親族にお茶を差し出し、感謝や尊敬の念を伝える。

入ったその姿は驚くほど儚げで、涙があふれて仕方なかった。

祖母たち

人生で出会ったすべての人のなかで、誰よりもばあさんが恋しい、と祖母が言う。ばあさんのことは大切に思っていたけど、どれだけありがたいかわかっていなかった。優しくて、働き者で、大変な苦労をした人だったんだよ。なのに、あたしときたら、あれほど年老いたばあさんに食事を作ってくれとせがんだりして。

そう話してくれたとき、祖母は床に目を落としていて、白髪交じりの髪が明るい窓辺で逆光を浴びていた。そのとき私が感じたのは、言葉にしがたい感情だった。愚かしく聞こえるかもしれないが、あれほどの高齢になっても、人は誰かを恋しく思うものだとは、夢にも思わなかった。祖母は自分の祖母のことを五十年以上も恋しく思っていたわけで、その歳月は、私のこれまでの人生よりもはるかに長い。

お線香

結婚式のあと、夫と私は香港へ飛び、父の遺骨が納められた地下納骨堂へ母と一緒に赴いた。入口の売店では、服飾品やスポーツカーから、アワビやガチョウのローストまで、ありとあらゆる紙製のお供え物が売られていた。そのなかから、私たちは緑色のセーターに白いボタンダウンのシャツ、グレーのパンツ、茶色のコンバースのスニーカーを選んだ。

壁一面にずらりと並んだ小さな遺影のなかに、父の写真を見つけた。何年も前に私が海辺で撮った写真で、目尻に笑い皺が寄っている。みんなで一本ずつお線香に火を灯し、三回礼をした。それから焼却炉の前に行って、父の新しい服を燃やした。

お供え物を受け取って！　夫が炉の火をかき立てるなか、母とふたりで声を張り上げた。

訊きたいことが山ほど

父に訊きたいことが山ほどある。

小さいとき、どんな子どもだったの？

何か知っておきたかったことってある？

父さんを悲しませるのはどんなこと？

幸せな気分にしてくれるのはどんなこと？

私がこのところずっと祖母や母の思い出話を書きとめているのは、どういうわけなのかと人に訊かれる。

ふたりにあれこれたずねるようになったのは、父が亡くなってからのことだ。

廊下

母のことで、昔から複雑な思いを抱いている記憶がある。そのできごとは、子どものころに住んでいたバンクーバーの家で起こった。思い起こせば、家のなかは真っ暗で、母の部屋とバスルームのあいだの廊下にだけ薄明りが灯っている。母と私は廊下に立っていて、電球の真下にいるせいで、私が見上げる母の顔には濃い影がかかっている。

母が私に向かって怒鳴り声を上げるが、何がいけなかったのか私にはわからない。母がわめく。もう死んだほうがましだ！　私がとっとと死んだほうが、あなただってまともに育つでしょうよ！

何年も前から、ずっと考えていた――子どもに向かってあんなことを言うなんて、いったいどうして？

母に訊いてみようと思い立ったのは、つい最近のことだ。見知らぬ国で、夫と離れ離れのまま出産するなんて、どんな気持ちだったのだろう？　しかも、生き永らえることはできないだろうと思われていた赤ちゃんを。

母が言うには

あの子は生まれてから毎日、検査のために採血を受けたの。生まれつき血小板が少なかったせいで、注射針を刺したところが痣になって、皮膚がどこもかしこも紫色になってしまって。しまいには髪を少し刈られて、頭からも採血されたのよ。

やがて看護師から、中心静脈ラインを挿入する必要があると言われたの。あの子は血小板輸血を受けたあと、手術のために階下《した》へ連れていかれた。私は上階《うえ》で待っていたのだけど、どうしてこんなに時間がかかるんだろうと思っていた。ようやく説明を受けたら、投与した麻酔の量が多すぎてまだ眠っています、なんて言うんだから。

あなたの伯母さんがバンクーバーへ手伝いに来てくれた。私が家に帰って眠れるように、病院に泊まりこんであの子を見てくれることになったの。そんなある日、伯母さんの見ている前で、看護師があの子の身体を拭いていた拍子に、誤って中心静脈ラインのチューブを五センチほど引き抜いてしまったのよ。伯母さんは半狂乱になって、泣き出してしまった。医師の説明では、もう一度血小板輸血をして、手術をやり直す必要があるというの。血小板輸血は、ふつうの輸血よりもずっと痛いのよ。あの子は絶叫して、泣きわめいてた。

通院中も毎日、病院から家に帰ってきたら中心静脈ラインを消毒して、ガーゼやテープを交換する。感染のおそれがあるから、とにかく清潔にしなくちゃいけないのよ。そのうち、不潔なものに恐怖すら覚えるようになってしまって。箱入りのティッシュさえ、買ってくるなりアルコールで拭いて消毒する。手なんか四六時中、洗ってた。そんな調子で二、三年過ごしていたかな。

毎日、血液検査の結果を待つ。香港にいる父さんもひどく心配して、毎日、電話で検査結果を訊かれるのよ。ときには検査結果がなかなか出ない場合もあるんだけど、電話のときにちゃんと結果を伝えられないと、父さんは激怒するの。

あのころは、私もちょっとしたことでかっとなった。ここから離れなきゃ、逃げなきゃ、っていう声が、頭のなかで聞こえることもあったくらい。

二歳半のとき、あの子がようやく全快して、移民後初めて香港へ帰った。当時、父さんは実家の古いアパートで母親やお姉さんと一緒に暮らしていたんだけど、そのアパートがとても汚くてね。ベッドのわきの床の上にあなたたちを寝かせていたんだけど、ふたりとも汚れた足で毛布を踏んづけるから、あの子が感染してしまうのではないかと思うと気が気じゃなかった。それで、私が床のモップがけをするしかないと腹をくくったの。最初のモップがけでバケツの水が真っ黒になったから、もう一回やったんだけど、それでもまだ水が黒くなる。結局、三回もやる羽目になった。そのうえ、あの子ときたら時差ボケがひどくて、真夜中に部屋じゅう走り回るものだから、夜もほとんど寝られなかった。ある夜、あの子を追いかけて台所へ行って電気を着けたら、床の上にゴキブリがうじゃうじゃいて、あの子が泣きだしてしまって。おまけに、そのあと水疱瘡にかかったからね。あなたたちふたりの世話に追われて、私はすっかり疲労困憊してしまった。あの夏はしょっちゅう物を投げたり、こぶしでベッドを叩きつけたりしてた。

父さんは、朝から晩まで仕事で留守だった。ある晩、父さんが帰宅してから、みんなで雪園飯店へ夕食に出かけたの。順番待ちの行列ができていたから、私は外に出てひとりで待つことにした。モップがけで疲れ切ってしまって、足がガクガクしていたのよ。そしたら父さんが外に出てきて、何をやってるんだ、って言うの。

私が怒りを露わにしたのを見て、父さんもかっとなった。どっちのほうが腹に据えかねてると思ってる？　夕食のあいだじゅう、互いに負けじと言い争ってしまった。

どうせならもっと楽しく

それで、母さんはいつごろよくなったの？　私はたずねた。

母が言った。あのころはいつも思ってた。もうこんなところにいたくない。どこか誰もいないところに行って、ひとりきりになりたいって。具合がよくなったのは、そんなふうに思うのをやめてからだと思う。いつぐらいか憶えてないけど。どこも悪いところなんかないと思っていたから、医者にはかからなかったし。誰も気づかなかった。自分でも気づいたのはずっとあとのことで、よくなって何年も経ってからだった。

父さんは知ってたの？

私は言わなかったし、父さんも訊かなかった。あのころ、一緒に過ごせるのは私たちが夏休みに香港へ戻るときだけだったのに、父さんがちょっとしたことで私に腹を立てるものだから。毎年、こんどこそ父さんに話そうと思って、毎年、そのときが訪れるのを待ってたのよ。だけど、父さんにそんな話をする機会は、とうとうなくなってしまった。だからいま、あなたには話しておきたいの。年に一度しか会えないのに、あなたはまるで父さんみたいに、私に対して怒ってばかり。人によって気性もちがうし、べつに恨みごとを言いたいわけじゃない。自分を責めるつもりもないし、あなたを責めるつもりもない。私はものを知らないし。あなたのように学がないから、母さんが何か間違ったことをしたら、言ってくれたらいいし、話し合ったらいいと思う。だけど、会うたびに怒られるのはとてもつらいの。父さんにはとうとう言えなかったから、こうやって話してるのよ。もう胸の内にしまいこんでおくのは嫌だから。一緒に過ごせる時間は本当に少ないんだから、どうせならもっと楽しく過ごさない？　こんな話をするつもりじゃなかったんだけどね、あなただって聞きたくないだろうし。でもあなたがこのところずっと、昔のことをあれこれ訊くものだから。

話してくれてありがとう。

泣かないの、もう過ぎたことよ。そうやってすぐに泣くと思ってた。

話してくれてありがとう。

こんな話をしたら、腹を立てるんじゃないかと思ってた。だから話したくなかったのよ。きっと腹を立てると思ってた。

母さんに腹を立ててるんじゃないの。泣いてしまうのは、悪かったと思うから。

あなたのことを責めたんじゃないのよ。だって順繰りに、同じようなことをしているんだもの。私だって、おばあちゃんに対してしょっちゅう腹を立ててしまうからね。どうしようもない。だけど、改めていこうと思ってるの。

眠り

父さんがいまも生きていたら、どんなことをしたいだろうって考えることがある。

アイ・ラブ・ユーって言いたい。

同じ言葉を返してくれなくたって、かまわない。

ハグしたい。

ニュースを観ている父さんの肩に腕を回したい。

父さんに夫のことを話そう。

早く彼に会ってほしいな、って言うんだ。

『ポケット版ティク・ナット・ハン』を最後まで読んであげる。

あのとき、電話で「父さん」と呼びかけなかったからって、私のことを怒鳴りつけて、ドアをバタンと閉めたの憶えてる?って訊いてみよう。

いろいろあったけど、もう気にしてないよって伝えたい。

日の出のころ、父さんを起こそう。

父さんの誕生日、六十三歳を迎える朝に。

朝陽を浴びながら、ふたりで太極拳の練習をする。

パパイヤをスライスしてお皿に盛りつける。バルコニーで一緒に食べよう。

お湯を沸かして、桂花茶を淹れる。

一緒に般若心経を勉強しよう。私は英語版で、父さんは中国語版で。

「空《くう》は即ちこれ色《しき》なり」*私が読み上げる。これってどういう意味かな？

わかったつもりでいても、じつはよくわかっていないものだな。父がそう言って首を振り、くくっと笑う。

ジャズを聴こう。

このアルバムは『ソロ・モンク』だよ、と私が言う。

父さんがうなずく。

父さんを飲茶に連れていこう。

何時間もかけて味わって、そのあと散歩もしよう。

本当に気持ちのいい日だね、と私。

ほら見て、この緑のあざやかなこと。

アイスクリームでもどう？って訊いてみよう。病気がよくなったら、あれこれ気にせずに食べたいって言ってたから。ひとつのカップで、三種盛りのアイスを一緒に食べよう。

＊色即是空空即是色。「色は即ちこれ空。空は即ちこれ色なり」。およそ形のあるものには実体がなく、本来実体のないものこそすべての事物の姿である、という意味。

ピスタチオ、バニラ、それに黒胡麻がいいな。

このアイス、けっこういけるな、と父さんが言う。こんなに冷たくて歯にしみなかったら、最高なのに。

私は笑い声をあげ、またふたりで散歩を続ける。仔犬も一緒がいいな、きっと父さんは仔犬を飼ってみたかっただろうから。

海岸でふと立ち止まって、夕陽が海に沈んでいくのを眺める。

それからまっすぐ家に帰ると、リビングのドアのガラス越しにみんなの姿が見える。母と妹はベージュのソファーに座ってテレビを観ている。祖母は足を伸ばして、マンゴーを食べている。

ドアを開けて入ると、仔犬が妹のところへ駆け寄って、ひざによじのぼる。

夕食は何にしようか？　ふたりで靴を脱いでいると、父さんが言う。

あんたたち四人で決めたらといいよ、とおばあちゃん。

ふたりは何を食べたい？　母さんが妹と私にたずねる。

何がいいかな、と妹。

なんでもいいよ、と私。

じゃあ、ピザにしようか、と父さん。

やがて、熱々の箱入りピザの並んだ食卓をみんなで囲む。チーズから溶け出した油がダンボールに染みをつくっている。

みんなでたらふく食べて、デザートのストロベリーチーズケーキも平らげる。

食後はみんなで身体を寄せ合ってソファーに腰かけ、テレビをつける。ニュースに耳を傾けているうちに、だんだん夢心地になってくる。

さあ、もう寝るかな。父がそう言って、みんなもソファーから身を引きはがす。

おやすみ！　声をかけ合う。

私はじっと佇んで、寝室へ向かう父さんの姿を見守る——これから長く、深く、安らかな眠りにつこうとしている父さんを。

アイ・ラブ・ユー！　家じゅうの灯りを消しながら、私はつぶやく。

妹のピク・トーンへ。無限の思いやりをもって、膨大な量の原稿を読んでくれてありがとう。あなたの心の広さと鋭い洞察に感謝します。私の第一の読者になってくれて、生まれたときからずっと親友でいてくれて、ありがとう。書くときは、いつもあなたに向けて書いています。

さまざまなご指南をいただいた賢明で心優しいジュリア・マスニックへ。遊び心をもって素晴らしい仕事をしてくださり、感謝しています。どんなときもそばにいて、私にとって必要なものを理解してくださったこと、ありがたく思っています。グロリア・ルーミス、そしてワトキンス・ルーミス・エージェンシーにも感謝します。

愛情深く、才気あふれる担当編集者のニコル・カウンツへ。私を信じ、奮起させ、私自身にすら見えていなかったものを見抜いてくださって、ありがとうございました。出会ったその日から、あなたは私にとって最高のパートナーであり、あなたのおかげで大いに成長することができました。

クリス・ジャクソン、ミカ・カスガ、エイダ・ヨネナカ、グレッグ・モリカ、アヴィデ・バシラッド、マディソン・デットリンガー、ジェス・ボネット、カーラ・ブルース＝エディングス、そしてワンワールドおよびランダムハウスの素晴らしいチームのみなさんに深く感謝します。最高に素敵なデザインをしてくださったサイモン・サリバンと、言葉にできないほど大好きな表紙を手がけてくださったドナ・チェンに、心から感謝しています。

カナダの敏腕編集者ジョーダン・ギンズバーグと、ストレンジ・ライト社のチームのみなさんへ、私を温かく迎えてくださりありがとうございました。みなさんのおかげで、本書を母国で刊行することができました。

ホリー・タヴェルへ。十五年前、あなたのクラスを受講することができた私は、なんと幸運だったことでしょう。私に自信を持たせてくれ、本書を執筆するよう励ましてくださってありがとうございました。

モーガン・ロスへ。あなたへの感謝の思いは言葉にできないほどです。あなたの寛大さと見識に感謝します。つぎからつぎへと原稿を読み、幾度となく、この本に余白を持たせる手助けをしてくださってありがとう。

ピーター・フォン・ジーゲザーへ。原稿の推敲を重ねるたびに、あなたがこの本を熱烈に支持してくださったことが、いちばん大変だった時期に心の支えとなりました。励まし続けてくださってありがとう。

ダニエル・ゴールドバードとオータム・グラハムへ。初期の原稿を読んでくれてありがとう。それに、素敵なお花やディナーも。原稿の持ち込みが成功しようが失敗しようが、いつも大いに喜んだり励ましたりしてくれましたね。

ジョティ・ナタラジャン、ヤスミン・マジードをはじめとするアジアン・アメリカン・ライターズ・ワークショップのみなさんへ。つぎつぎに扉が開いたのは、みなさんのおかげです。私を温かく受け入れ、育んでくださってありがとう。アネリーゼ・チェンと『ザ・マージンズ』誌には、私の最初の短篇「幽霊森林《ゴースト・フォレスト》」の編集および出版を手がけてくださったこと、感謝しています。それがきっかけとなって、本書が生まれました。仲間同士として切磋琢磨してきたアイーシャ・ライース、ジェン・ルー、ジーナ・アーガにも感謝を。みんなとともに過ごした一年が、驚異的な転機となりました。

原稿の抜粋を読み、貴重なフィードバックをくださった先生方、ソフィ・マクマナス、マイク・スカリース、ブシュラ・レーマン、パドマ・ヴィスワナサンに感謝します。叱咤激励してくれたエイヴァ・チン、応援してくれたT・キーラ・マデンにも、ありがとう。キャサリン・チャンは私を触発してくれるメンターに推薦状を書いてくださり、のちにはご自身もそんなメンターになってくださって、ありがとうございました。

ミレー・コロニーとメタトロン・プレスには、最初のころにお世話になり感謝しています。クンジマン・リトリートとメンターシップ・ラボの仲間たちへ、私のコミュニティでいてくれてありがとう。

キヨミ・ドン、ダイアナ・ゲマン＝ウォラック、マロリー・コティックには、まだ未熟な段階の原稿を読んで、洞察に満ちたフィードバックをくださったことを感謝しています。ステファニー・リュウとナタリー・フーへ、「宇宙飛行士の家族」について示唆に富んだ話をしてくれてありがとう。ここまでがんばってこられたのは、何年も励まし続けてくれた友人たちのおかげです。とりわけ、エルサ・デュレ、ヒラリー・ハーネット、ルビー・シャー、マイケル・グラスマン、ラーフル・キールティ、ナサニエル・ゲマン、ネハ・ゾープ、ニーラフ・パレク、アブヘイ・サガー、マナン・ジャラン、パオロ・セルヴァド、ヴァレリア・ドローゲ、アリソン・クオとウィリアムソン・ブラスフィールド、エリック・フアン、アマンダ・アジャムファー、エマ・アイゼンバーグ、アマンダ・フィン、キャシー・ハルフィン、そしてヒソン・シンに感謝します。

ピンキー＝Z・ウーの仲間たち、エイミー・ヘジュン、アニーナ・チェン＝ハーディ、カイル・ルシア・ウー（とっても気の利く飲み友だち）、そしてK＝ミン・チャン（カヤックの名漕手）へ。みんなに出会えて本当によかった。

フランク伯父さん、キャシー伯母さん、イー、グレースへ。みなさんの優しさに心から感謝しています。

ガリス伯母さん、ベン伯父さん、ビリーへ。愛情と思いやりをありがとう。

義理の家族、とりわけリリー、オリー、ジュリー、ケヴィンへ。にぎやかで愛情にあふれた一家に囲まれるのは、大きな喜びです。

伯母たち、伯父たち、いとこたち、とりわけワー・E、キニイ、エドリック伯父さんとリンダ伯母さんへ、愛と揺るぎない献身に感謝します。九叔父さんも、いつも私を見守ってくれてありがとう。

先見の明があり、誰よりも賢明であった父へ。父さんの娘に生まれたことは、私にとって最大の幸運のひとつです。

誰よりも心優しい母へ。母さんは勇気、粘り強さ、無私無欲を絵に描いたような人です。私が何をするときも、できるかぎりのことをして支えてくれてありがとう。

婆婆、多謝您對我的照顧和關愛。您是我心目中最有創意的人。（おばあちゃん、深い思いやりと慈しみに感謝します。おばあちゃんは、誰よりも創意工夫に富んだ人です。）

最後に、ベンへ。あなたの愛に包まれて、ついに私は故郷《ホーム》を見つけました。

訳者あとがき

一九九七年七月、香港の主権がイギリスから中華人民共和国に返還・委譲された。この返還前の一九八九年、中国本土では天安門事件が勃発。返還後に自由や権利を失うことを恐れた大勢の香港人たちが、カナダやオーストラリアへ移民した。なかでもカナダはもっとも多くの香港人が移民した国だ。多くの場合、父親たちは移住先で望ましい仕事に就けないことを恐れて香港に残り、家族の生活を支えた。不慣れな異国と母国で離れ離れに暮らす家族――香港ではよく見られたこのような家族の形態は、宇宙飛行士の家族《アストロナット・ファミリー》と呼ばれた。本書は、まさにそのような背景を持つ著者、ピク・シュエン・フォン（馮碧璇）が、幼少期の体験を織り交ぜながら七年の歳月をかけて紡いだデビュー作であり、アメリカとカナダで刊行された本書は二〇二二年に Amazon Canada First Novel Award および Rakuten Kobo Emerging Writer Prize を受賞した。北米の主要紙で高く評価され、イタリアやトルコなどで翻訳版が刊行されている。

著者と主人公には多くの共通点が見られるが、著者はこの作品を自伝小説《オートフィクション》とは呼んでおらず、あくまでも小説であるとしている。主人公の「私」のほか、父、母、妹、祖父母、親族など、あらゆる登場人物には名前がなく、物語が筋道立てて語られることもない。本書のたぐい稀なる特色は、なんといってもその構成にあるだろう。『密林の夢』や『ベル・カント』で知られる作家のアン・パチェットは、次のように評している。

「これはいま、私が胸を躍らせている本だ。喪失の悲しみや苦悩が綴られているのに、羽のように軽やかなのは、レイアウトのなせる業だろう。まるで詩を読んでいるような感じがするけれど、これは小説なのだ。言葉は美しく、華やかな筆致でありながら、本書の構成たるやとても清々しい」

回想、語り、思索、語らいからなる百十三の短篇の連なりは、緩急自在な水墨画のようにしなやかで、「余白」が大きな効果を生んでいる。それを背景に、家族の情、愛、孤独、苦悩、哀切、献身、失望、後悔、喪失のかけらが、ところどころユーモアを交えながら散りばめられ、気がつけば万華鏡のようにあざやかな像が結ばれていく。

この「余白」の重要性について、著者はあるインタビューで次のように語っている。

「この小説には余白をたっぷり持たせたいと思ったのは、悲しみ方というのは人それぞれだと思うからです。読者が読みながらみずからの経験を重ね合わせ、自分のなかから湧きおこる感情を味わえる余地がたっぷりある本を書きたいと思いました。愛する人との死別だけでなく、世代間の喪失や、移民となったことがもたらす喪失について、読者がみずからの悲しみや苦悩と向き合える場となるような本を書きたいというのが、私の切なる願いだったのです」。「私」を含めて登場人物の名前が一切出てこないことも、国や文化を超えて、読者が「これは私の物語だ」と感じられる工夫のひとつとも言えるだろう。

本書に通底するテーマは、みずからのgrief《グリーフ》（喪失、悲嘆、苦悩）と向き合うこと、そして、自分自身の奥深くに封じ込められた感情や思いに気づき、それを言葉にして伝え合うことの大切さである。主人公の「私」が深く悲しむのは父親の死だけでなく、物心ついたころからずっと、父が「不在」だったことだった。

「私」と妹はカナダで教育を受けながら成長する。夏休みには家族で蒸し暑い香港へ帰るが、神経質で短気な父がすぐに怒りだすため、食事中も息をひそめる始末。母もしょっちゅう父に怒られている。勤勉で生真面目な父は長年の不眠症と孤独に苦しみ、娘たちをカナダで育てたのは失敗だった、中国人なのに中国語も中国の文化もろくに知らないとは、などと嘆く。そんな父にたまに会うとき、私はいつも萎縮してしまう。

やがてアメリカの大学で美術を専攻した主人公は、在学中に水墨画を学びたくなり、中国杭州の美術学院に留学する。杭州へやってきた父に大学の構内や街を案内するが、父の相変わらずの皮肉屋ぶりに私は深く傷ついてしまう（「幽霊森林《ゴースト・フォレスト》」）。

そんなふうにすれ違い続けた父と娘だったが、父の死を目前にした私は、家族同士で愛情をあからさまに表現しない中国人の習慣を乗り越えて、愛情を言葉で伝えようと努力する。父もその思いに応えて、しだいに心を開いていく。

父の死後、父のことも、ほかの親族のことも、あまりに何も知らないことを痛感した私は、カナダを去って香港へ戻った母と祖母から昔の話を聞き始める。忘れていた思い出があれこれよみがえってくるなか、私は胸のなかに燻《くすぶ》っていた父に対するわだかまりや誤解に気づいていく。母も祖母も異国の移民として、それぞれに孤独な苦しみや悲しみ、誰にも告げられない思いを胸に秘め、哀切を抱えながら生きてきた。それが父の病と死をきっかけに、互いに思いを伝えようと一歩を踏み出していく。そんななかでも、太陽のように明るく力強い祖母がとても魅力的で、祖母、母、娘の三代記としての要素も物語の読みどころのひとつとなっている。

本書において時代的、政治的背景が詳しく語られることはないが、祖母の娘時代の思い出話には、太平洋戦争中にイギリス植民地軍を放逐して香港を占領した日本軍が市民に乱暴狼藉を働くシーンも登場し、激動の時代に翻弄された人びとの暮らしが、人生が、まざまざと浮かび上がってくる。現在、香港では民主化運動が封じ込められ危険な状況にあり、戻りたくても故郷に戻れない香港人や、遠く離れた家族の身を案じている人も大勢いるだろう。世界を見渡せば、こうした状況は香港に限ったことではないが、戦争や紛争、迫害などによって愛する故郷をやむなく離れ、家族や親族が散り散りになって異国で暮らしている無数の人びとは、語ることのできない苦悩や悲嘆を抱えていることに、あらためて思いを馳せずにはいられない。

さて、ここで本書および短篇のタイトルである『幽霊森林／ゴースト・フォレスト』(Ghost Forest) について触れておきたい。これは短篇に登場する、「私」の描いた水墨画の作品タイトルでもあり、そこには重層的な意味が込められている。灰色の画仙紙に描かれたその水墨画で、私は茶色い鳥に乗って(ちなみに、本書において「茶色い鳥」は父を象徴している)、白く透けるような幽玄の森の上空を翔けあがっていく。英語の ghost forest は、(多くは水辺の) 立ち枯れの林を指す環境用語でもあるが、そこにも喪失や失われゆく生命といったイメージがつきまとう。また、この幽玄な水墨画とそれに対する父の冷淡な反応は、父と娘のあいだにつねに漂う沈黙や言葉にできない感情、ふたりが共に過ごしてきた時間の儚さを象徴しているようにも思える。作家としての力量に加えて、「私」と同じく美術を専攻したビジュアル・アーティストでもある (グラフィックだけでなく映像作品も手がけている) 著者の芸術的感性が全篇を通じて遺憾なく発揮されており、五感にも訴えかける魅力に富んだ味わい深い作品となっている。

最後に、お世話になった方々にお礼を申し上げたい。英語の原著にも広東語の漢字表記が何か所か登場するが、漢字を表記せずに広東語の発音をアルファベットで表記しただけの部分もある。しかし日本語版においては、これらも漢字で表記し、広東語読みのカタカナ表記のルビを付すこととした。これに当たっては、広東出身で広東語、北京語、英語、日本語の通訳者として活躍されている汪以文さんに多大なるお力添えをいただいた。さらに、香港の婚礼や葬儀にまつわる文化的風習についてもさまざまなご教示をいただき、本書について深い洞察を共有してくださったことに、心より感謝申し上げたい。英語の解釈については、今回もカルヴァン・チャンさんに丁寧なアドバイスやご教示をいただいた。水墨画に関するくだりについては、水墨画家として第一線で活躍されている伊藤昌先生から、専門家ならではの知見にもとづいた貴重なご教示の数々をいただいたことに深謝申し上げたい。産婦人科医の栗木あかね先生からは、医療関連のくだりについて的確なご教示を頂戴し、小説の翻訳の師と仰ぐ田栗美奈子先生からは、訳者の悩みが霧のごとく晴れるようなアドバイスやご教示の数々をいただいたことに、厚く御礼申し上げたい。

本書の翻訳は私が熱い思いで持ち込んだ企画であるが、「この本は誰かの宝物になる」と言って版権の取得に動いてくださった左右社（当時）の堀川夢さんと、編集の労を執ってくださった左右社の東辻浩太郎さんに、心より感謝申し上げたい。香港映画にも造詣の深い東辻さんは、作品の世界や文化的背景を大切にしながら、装幀も含めて細部にまでこだわってくださった。

著者の切なる願いの込められたこの珠玉の物語が、こうして多くの方々のお力添えによって日本に届けられることは、訳者としてこの上ない喜びです。これは、あなたのための本です。

二〇二五年二月　　神崎朗子

・ピク・シュエン・フォン（Pik-Shuen Fung）

香港生まれ、バンクーバー育ちのカナダ人作家。アメリカの大学で美術を専攻し、スクール・オブ・ビジュアル・アーツで修士号を取得。ビジュアル・アーティストとしても活躍している。ニューヨーク在住。デビュー作である本書はアメリカとカナダで刊行され、Amazon Canada First Novel Award、Rakuten Kobo Emerging Writer Prize（ともに2022年）を受賞するなど高く評価され、イタリアやトルコなど複数の国で翻訳されている。

・神崎朗子（かんざき・あきこ）

翻訳家。上智大学文学部英文学科卒。おもな訳書にF・B・アルバーティ『私たちはいつから「孤独」になったのか』（みすず書房）、C・クリアド=ペレス『存在しない女たち』（河出書房新社）、A・A・オウラヴスドッティル『花の子ども』（早川書房）、アンジェラ・ダックワース『やり抜く力　GRIT』（ダイヤモンド社）、J・L・スコット『フランス人は10着しか服を持たない』、K・マクゴニガル『スタンフォードの自分を変える教室』（ともに大和書房）などがある。

幽霊森林《ゴースト・フォレスト》

二〇二五年三月三十日　第一刷発行
著者　ピク・シュエン・フォン
翻訳　神崎朗子
装幀　森敬太（合同会社 飛ぶ教室）
発行者　小柳学
発行所　株式会社左右社
一五一‐〇〇五一
東京都渋谷区千駄ヶ谷
三‐五五‐一二 ヴィラパルテノンB1
TEL.〇三‐五七八六‐六〇三〇
FAX.〇三‐五七八六‐六〇三二
https://www.sayusha.com
印刷所　モリモト印刷株式会社
Japanese translation ©Akiko KANZAKI Printed in Japan.

ISBN978-4-86528-461-4

本書のコピー・スキャン・デジタル化などの無断複製を禁じます。
乱丁・落丁のお取り替えは直接小社までお送りください。